이계진입
RELOADED

이계진입 리로디드 7

임경배 퓨전 판타지 소설

초판 1쇄 찍은 날 § 2016년 6월 10일
초판 2쇄 펴낸 날 § 2017년 8월 17일

지은이 § 임경배
펴낸이 § 서경석

편집책임 § 고승진

펴낸곳 § 도서출판 청어람
등록번호 § 제387-1999-000006호
등록일자 § 1999. 5. 31
어람번호 § 제1-2455호

주소 § 경기도 부천시 원미구 부일로 483번길 40 서경B/D 3F (우) 14640
전화 § 032-656-4452 팩스 § 032-656-4453
http://www.chungeoram.com
E-mail § chungeorambook@daum.net

ISBN 979-11-04-90840-8 04810
ISBN 979-11-04-90529-2 (세트)

RELOADED

임경배 퓨전 판타지 소설

FUSION FANTASTIC STORY

이계진입 7
리로디드

도서출판 청어람

CONTENTS

RELOADED

이계진입
리로디드

Chapter 1

테오란트

접근한 말루프가 검을 내리그었다. 뇌신기의 투기강이 우드로우의 좌측을 베어 들어왔다.

도저히 피할 틈이 없어 우드로우는 활대로 공격을 막았다.

콰지직!

드레이크의 뼈로 만든 활대가 요동치며 금이 갔다. 애초에 달인급 소드하이어의 투기검으로 투기강을 막는다는 것이 무리였다.

그나마 일격에 베이지 않은 건 날 형태인 말루프의 검과 달리 우드로우의 활이 두껍고 탄성도 뛰어나기 때문이다. 재질 자체도 강철을 능가하는 마수의 뼈였고.

하지만 충격마저 피할 수는 없었다. 거력이 전신을 관통하는 걸 느끼며 우드로우는 피를 토했다.

"쿠, 쿨럭!"

"우드로우!"

비렛타가 다급하게 공세를 펼쳤지만 말루프의 방어는 철벽이었다.

우드로우를 튕겨낸 뒤 바로 몸을 틀어 비렛타의 투기검을 튕겨낸다. 검과 검이 충돌하며 그녀의 칼이 박살 났다.

비렛타는 부러진 칼자루를 쥔 채 주춤주춤 물러섰다. 애초에 투기강을 상대로 부딪힌 것 자체가 실책이었다.

"제길……."

초반엔 꽤나 팽팽한 전투를 벌였던 두 사람이었지만 결국 이변은 없었다.

말루프는 착실하게, 결코 서두르지 않은 채 두 사람의 기력을 깎아내며 전투를 풀어갔다. 보다 높은 경지에 오른 이가 방심조차 하지 않으니 도무지 빈틈이 없다.

결국 두 사람이 먼저 지쳐 버렸다.

"헉헉……."

거친 숨을 내쉬는 비렛타를 향해 말루프가 서서히 다가왔다.

"투기가 많이 줄었군."

그는 여전히 고른 호흡을 유지하고 있었다. 기력도 집중력도 둘에 비해 많이 남아 있었다.

투기강이 번뜩였다.

"윽!"

비렛타는 미처 피하지 못하고 일격을 허용했다. 그녀의 종아리에서 피가 튀었다. 생명에 지장이 없도록 다리를 노려 전투력만을 무효화시킨 것이다.

휘청거리며 그녀가 쓰러질 때였다.

갑자기 말루프의 안색이 창백해졌다.

"이건 뭐지?!"

그가 바위산 너머로 고개를 돌렸다. 순간 우드로우와 비렛타의 존재조차도 잊었다. 모든 의식이 오직 산 너머로 쏠려 버렸다.

우드로우는 그 순간을 놓치지 않았다.

파앗!

쏘아진 강철 화살이 정확히 말루프의 오른쪽 허벅지를 꿰뚫었다.

"이, 이런!"

자신의 실책을 깨닫고 말루프는 이를 악물었다. 하지만 이 와중에도 그는 여전히 눈앞의 적에게 집중을 하지 못하고 있었다.

"으윽, 내가 이런 실수를……. 아니, 하지만 저건 도대체……."

저 바위산 너머에서 느껴지는 거대한 두 기운 때문이었다.

하나는 지극히 익숙한 기운이다.

충성을 맹세한 주군의 고유 투기술이자 말루프 자신도 터득한 투기술, 뇌화기와 염룡기다. 저 산 너머에서 지금 테오란트가 전력을 다해 투기를 끌어내고 있는 것이다.

문제는 또 하나의 기운 역시 익숙하기 그지없다는 점이었다.

테라노어 최강을 자부하는 대인전용 투기술, 패왕기.

하지만 용병왕 바락의 패왕기와는 다르다. 그보다 훨씬 거칠고 광폭하며 화산처럼 폭발하는 기세.

말루프는 이런 식의 패왕기를 알고 있었다.

"말도 안 돼……."

말루프는 다리의 통증조차 잊은 채 눈을 껌뻑였다. 아무리 현실을 의심하고 자신의 감각을 재확인해 봐도, 저런 기운을 떨칠 수 있는 자는 테라노어에서 단 한 명뿐이었다.

"…성시한 돌격대장님?"

바위에 몸을 기댄 채 비렛타가 몸을 일으켰다. 그녀 역시 산 너머를 곁눈질하며 빙긋 웃는다.

"하아, 시한 대장이 드디어 테오란트 그 작자와 붙나 보네요."

"그러게."

우드로우는 화살을 재차 시위에 걸며 말루프를 노려보았다.

"당신이 물었었지, 말루프? 왜 그런 헛소문 따위에 현혹되었냐고?"

우드로우의 입가에 미소가 걸렸다.

통쾌하기까지 한 회심의 미소였다.

"본인을 직접 만난 사람 앞에서도, 여전히 헛소문이라고 우겨볼 텐가?"

말루프는 아무런 대꾸도 하지 않았다. 더 이상의 전의도 보이지 않았다.

그저 한없이 혼란스러울 뿐이었다.

*　　　　*　　　　*

뇌신기와 염룡기, 두 기운이 휘몰아치며 테오란트의 우반신과 좌반신을 뒤덮는다.

붉은빛 속에서 그는 망토를 벗어 던졌다. 등에 짊어진 둥근 방패가 드러났다.

테오란트가 손가락을 까닥였다.

"와라, 타이탄."

메고 있던 방패가 저절로 허공으로 떠올라 왼팔에 장착됐다. 혁명전쟁 시절부터 애용한 버클러, 타이탄이었다.

방패가 저절로 장착되었다 해서 무슨 강력한 마도구라는 의미는 아니다. 그냥 투기를 이용해 직접 사념으로 움직여 장착한 것이다.

예전부터 테오란트는 마도구 사용을 거부했다. 마도구의 힘을 빌리면 진정한 무(武)의 길에서 벗어난다고 믿었다. 그래서 왕이 된 지금도 그의 손에 들려진 것은 평범한 강철검과 방패뿐이었다.

하지만 저 검과 방패에 염룡기와 뇌신기가 깃들면, 이 평범한 무구들은 그 어떤 마도구보다도 강력한 위력을 지니게 된다.

"더 이상 말이 안 통하니……."

자세를 취하며 테오란트가 호탕하게 외쳤다.

"검으로 대화하자!"

디재스터를 겨루며 성시한이 콧방귀를 뀌었다.

"말 안 통하면 바로 폭력이냐? 참 전형적이군."

그의 전신은 패왕기의 투기로 가득 차 있었다.

젝센가드를 상대할 땐 파천기와 도룡기를 썼었지만 그건 젝센가드의 실력이 워낙 제자리이다 보니 여유를 부리느라 한 짓이고, 사실 사람을 상대할 땐 패왕기가 훨씬 유리하다.

이미 카렌에게 쓴맛을 본 후라 시한도 더 이상 오만하게 굴 생각은 없는 것이다.

"타앗!"

기합을 토하며 테오란트가 몸을 날렸다.

방패를 내밀고 검을 겨누며 돌진하는, 마치 흥분한 수소를 연상케 하는 기세였다.

"하아앗!"

시한도 맑은 청광을 흩뿌리며 마주 돌격했다.

붉고 푸른 섬광이 허공에서 충돌해 협곡 전역에 뇌성을 떨쳤다.

*　　　*　　　*

테오란트의 이명은 대륙 최강의 검술가였다. 그런 만큼 그는 검술을 터득하고, 그 요체를 파악하는 데 비상한 재능을 가지고 있었다.

하지만 투기술에 관해선, 아쉽게도 검술만큼의 재능이 없었다.

물론 그는 대륙에서 손꼽히는 천재 중의 천재다. 30대 중반에 초인급 소드하이어의 경지에 오른 이는 만 명에 한 명 꼴도 채 되지 않는다.

하지만 옆에 있는 이들은 그보다 더한 천재들이었다.

젝센가드만 해도 30대 초반에 이미 초인급의 경지에 들었다.

은형의 레비나 같은 경우는 무려 십 대라는 어린 나이에 초인급에 오른, 말도 안 되는 재능의 소유자였다.

무엇보다 성시한, 이계에서 온 그 소년은 투기술 익힌 지 고작 3년 만에 궁극의 경지라는 무신급 소드하이어가 되어버렸다.

그들과 비교하면 테오란트의 재능은 전혀 대단한 것이 아니었다.

남모르게 그는 고민했다.

'내가 저들의 발목을 잡을 수는 없어.'

그리고 스스로 해답을 찾았다.

'내가 할 수 있는 것을 한다!'

하나의 산을 올라 정상에 도달할 수 있다면, 다른 산을 오를 때도 상대적으로 쉬워지는 법.

꾸준히 검술을 수집하고, 익히고, 연마하고, 터득했다. 투기술의 수행을 게을리한 것은 결코 아니지만 주가 되는 것은 어디까지나 검술, 순수한 육체로부터 발현되는 기술이었다.

테오란트의 생각은 옳았다.

검과 육체에 통달하게 되니 투기술도 상대적으로 쉬워졌다.

천부적인 재능을 지닌 다른 친구들 못지않은 힘을 얻을 수 있었다.

그는 확신했다.

'과연, 내가 걷는 길이 옳은 길이었구나!'

일국을 세우고 왕의 자리에 오른 후에도 수행을 게을리하지 않았다.

물론 가끔은 회의가 들기도 했다.

이미 루스클란 제국은 사라졌고 세상은 평화로워졌다. 아무리 대쪽 같은 성품의 그라도 인생을 즐기고픈 생각이 안 들수가 없었다.

그때마다 흔들리는 그를 붙잡아준 것은 과거의 친구들이었다.

'젝센가드, 그딴 놈처럼 될 수야 없지.'

산해진미를 깔아놓고 미색에 홀려 신나게 살아가는 젝센가드는 실로 훌륭한 타산지석이었다.

적당히 사치 부렸으면 조금 부러워했을지도 모르겠다만, 인간이 워낙 막장으로 달려가다 보니 도저히 부러워할 수가 없었다.

그리고 십 년 전이나 지금이나 여전히 속을 알 수 없는 도둑들의 여왕.

'레비나, 그 요망한 것이 무슨 짓을 할지 모르지!'

제국 멸망 이후 잠잠하던 그녀는 어느 날 갑자기 모습을 드러내 무신급의 경지를 선보였다.

국경이 인접해 있는 만큼 시프 퀸의 존재는 그 자체로 테오란트 왕국의 위협이었다.

'만약 내가 사치와 향락에 빠져 수행을 등한시했다면 보나마나 이빨을 드러냈겠지?'

더더욱 테오란트는 자신이 옳았음을 확신했다.

더더욱 수행에 매진했다.

뛰어난 검사, 독특한 무술가가 있다면 바로 초빙해 검을 겨누고 가르침을 받았다. 때론 직접 찾아가기도 했다.

상대가 자신보다 약함에도 불구하고, 마음만 먹으면 일격에 목을 벨 수 있음에도 불구하고 배울 점이 있다면 거리낌 없이 고개를 숙였다.

그 결과, 그는 결국 평생 꿈꿔오던 경지를 손에 넣을 수 있었다.

"받아보아라, 시한!"

테오란트는 검을 휘두르며 투지 가득한 외침을 토했다. 성시한도 마주 검을 올려 벴다.

콰쾅!

검과 검이 허공에서 충돌하며 충격파를 터뜨렸다. 보이지 않는 파문이 연거푸 퍼져나가 기암괴석을 부수고 파편을 흩

날렸다.

검을 휘두르고 방패로 밀어붙이며 버클러 모서리에 투기강을 실어 허공에 날린다.

원거리와 근거리, 중간 거리까지 모두 장악한 테오란트의 전투법은 조금의 빈틈도 없었다.

정신없이 공방을 주고받으며 성시한은 속으로 혀를 찼다.

'확실히 젝센가드와는 전혀 다르네.'

십 년 전과 하등 나아진 게 없는 누구와 달리, 날아드는 일격마다 예전과는 차원이 다른 강함이 느껴진다.

'정말 전혀 놀지 않았나 본데?'

표정을 굳히며 시한은 더더욱 투기를 끌어올렸다.

"하아아압!"

패왕기의 푸른빛이 더더욱 진해지기 시작했다. 가을 하늘을 연상케 하던 맑고 푸른빛이 망망대해, 아득한 심연을 담은 거대한 바다의 빛으로 변해갔다.

초인급을 넘어 무신급 소드하이어의 힘이 발현된 것이다.

점점 압박이 거세진다. 테오란트의 안색이 변했다.

"호오? 본격적으로 나오는 거냐?"

실로 엄청난 투기량이었다.

십 년 전에도 티는 안 냈지만 내심 부러워했던, 그야말로 대해와도 같이 느껴지던 끝 모를 투기.

아무리 검술로 밀어붙이려 해도 기세 자체에서 눌려 버린다.

익숙할 대로 익숙한 이계구원자의 전투법이었다.

"하하하하!"

갑자기 테오란트가 웃음을 터뜨렸다.

"네 녀석은 별로 달라진 게 없구나!"

확실히 성시한의 투기는 어마어마했다. 투기량만으로 따지면 여전히 자신보다 우위에 있었다.

하지만 다른 점이 있다.

예전엔 상대도 되지 않았지만, 지금은 그냥 우위일 뿐이다.

"타아아앗!"

테오란트도 투기를 극한까지 끌어올렸다. 전신을 휘감은 뇌신기와 염룡기, 두 적색의 투기가 점점 진해지며 핏빛으로 물들기 시작했다.

성시한이 검푸른 대해의 빛을 내려쳤다.

"패왕기, 낙일!"

테오란트가 진한 혈기의 빛으로 가로막았다.

"염룡기, 겁화!"

붉은빛이 푸른빛을 밀어내며 자신의 영역을 장악해 갔다. 웅장한 소음과 함께 빛이 솟구쳤다.

콰콰쾅!

폭발 속에서 두 사람이 뒤로 튕겨 나갔다. 잽싸게 자세를 제어해 착지한 시한이 테오란트를 돌아보았다.

"과연……."

테오란트의 전신에 이글거리는 핏빛 투기를 노려보며 시한은 고개를 끄덕였다.

"무신급의 벽을 넘었군, 테오란트."

*   *   *

핏빛 투기강이 사선으로 베어 들어온다.

깊숙이 몸을 꺾어 공격을 피하며 성시한은 반격을 날렸다. 검푸른 투기의 빛이 길어지며 사정거리 밖의 테오란트를 노렸다.

2미터 이상 길어진 투기강이 옆구리를 베어왔다. 하지만 테오란트는 굳이 방어 자세를 취하지 않았다.

"홍! 이 정도쯤이야!"

코웃음을 치며 옆구리로 투기를 집중한다. 그 부위의 핏빛 투기가 더욱 진해지며 공격을 튕겨냈다.

시한이 혀를 찼다.

"쳇, 역시 노련하네."

소드하이어의 투기는 의지에 따라 그 길이를 조절할 수 있다. 도룡기처럼 10미터의 무식한 길이까진 무리더라도 어지간한 소드하이어라면 검의 사정거리 밖으로 공세를 펼치는 것이 가능하다.

하지만 단점도 있었다.

투기검이나 투기강의 길이가 늘어날 경우, 그에 반비례해 위력도 하락하는 것이다.

금강석도 잘라 버릴 강력한 투기강이라도 그 길이를 최대한 늘이면 일개 통나무나 벨 수 있는 수준까지 위력과 예기가 낮아진다.

성시한 같은 경우 최대한 위력의 하락을 막으면서 길이를 유지하는 특유의 투기술, 도룡기가 있었지만 그렇다 해도 위력이 '덜' 하락하는 것이지, 완전히 유지되지는 않았다.

투기가 최대한의 위력을 발휘하는 범위는 어디까지나 무기의 길이까지다. 그래서 과거의 시한도 일부러 클레이모어 같은 대형검을 애용했던 것이다.

약해진 투기강이라면 육신에 깃든 투기만으로도 충분히 감당이 된다. 물론 어디까지나 무신급 수준의 이야기지만.

"이 몸을 상대로 그런 편법이 통할 것 같으냐!"

테오란트는 고함을 터뜨리며 맹렬히 참격을 뿌렸다. 찌르고 올려 베고 내리그으며 한 자루 장검이 현란한 춤을 췄다.

쉴 새 없이 이어지는 검광의 궤적 속에서 시한은 정신없이 공격을 막는 데만 집중했다.

변함없이 현란하고 화려한 검술이었다.

게다가 화려하기만 한 것이 아니었다. 충분히 실속도 있었다.

어지러운 검광 사이로 용케 틈을 잡아 시한이 반격에 나서려 해도······.

타앙!

왼손에 장착한 버클러로 착실하게 방어한다. 완벽에 가까운 공방일체다.

분노한 와중에도 시한은 내심 감탄했다.

"···전보다 더 빈틈이 없어졌군, 테오란트."

테오란트가 의기양양하게 웃었다.

"당연하지 않느냐?"

테라노어에 존재하는 모든 검술을 수집하고 또 익혔다. 덕분에 성시한과 동등한 무신급의 경지에 올랐다.

물론 같은 무신급이라도 여전히 투기량에선 밀린다. 그 정도로 이계구원자의 투기와 마력량은 엄청났다.

하지만 과거처럼 손도 못 쓸 정도로 압도적인 격차도 아니다. 이 정도면 충분히 기술로 감당할 수 있다!

"처음 만났을 때를 기억하나, 시한?"

그때 테오란트는, 성시한의 마법에 밀려 결국 패배했다.

"자! 그때처럼 마법의 힘을 써보거라! 모조리 꺾어주마!"

확신에 찬 과거의 친구를 바라보며 시한은 고개를 끄덕였다. 분명 테오란트는 저런 자신감을 보일 자격이 있었다.

"확실히 그럴 수 있을 것 같네."

그리고 비웃었다.

"하지만 상관없어. 마법 쓸 생각은 원래 없었거든?"

"뭐라고?"

"지금의 널 처리하는 데는……."

성시한은 디재스터를 겨누며 진심으로 뇌까렸다.

"이 검만으로도 충분해."

테오란트는 어이가 없어 웃었다.

"하하하, 검만으로 나와 상대하겠다고?"

십 년 전에도 성시한은 검만으론 테오란트를 쓰러뜨릴 수 없었다. 다양하고 현란한 기술로 그는 압도적인 투기량의 차이조차도 어느 정도 버텨낼 수 있었다.

단지 시한의 투기량이 워낙 높아 맷집도 하염없이 좋다 보니, 버티는 게 고작이고 딱히 반격할 방법이 없었다. 그래서 본격적으로 투기와 마법을 밀어붙이면 그냥 두 손 들었다.

하지만 지금은 그 역시 같은 무신급이거늘!

"시건방진 녀석!"

테오란트는 분노하며 방패를 앞세워 시한을 밀어붙였다.

후퇴하며 성시한이 투기강으로 크게 원을 그렸다.

"패왕기, 백열!"

빛의 원이 수많은 점으로 화하더니, 이내 수십 줄기의 섬광이 되어 쏘아졌다. 파천기, 유성우의 대인전용 버전이라 할 수 있겠다.

사실 파천기나 도룡기 자체가 패왕기를 이계 마물용으로 고쳐서 만든 것이다 보니 서로 용법이 상당히 비슷했다.

사방에서 쏟아지며 급소를 노려오는 검푸른 투기강, 찬란한 빛무리를 바라보며 테오란트는 빙긋 웃었다.

"백열이냐?"

저 수많은 투기의 섬광은 디재스터에 직접 깃든 투기강에 비하면 상당히 위력이 약화된 상태다. 그럼에도 예전엔 이 기술을 상대해 후퇴하는 것 외엔 답이 없었다.

분명히 약화되긴 했는데, 그 약화된 투기강조차도 전력을 다한 테오란트의 투기강과 필적했으니까.

하지만 지금은!

"이 정도론 통하지 않는다!"

버클러의 핏빛 투기가 영역을 넓히며 거대한 빛의 방패가 되었다. 방패의 크기가 거의 타워 실드나 카이트 실드와 필적한다.

콰콰콰콰쾅!

검푸른 빛줄기가 붉은 방패에 가로막혀 모조리 튕겨나갔다.

"아무리 강한 힘이라도, 집중시킬 수 없다면 무슨 의미가 있겠느냐?"

테오란트가 반격에 나섰다.

상대의 시야를 희롱하며 연달아 검을 휘두른다. 그 와중에 방패 뒤로 공격의 기점을 감추며 찌르기를 날리니, 전혀 예비 동작이 보이지 않는다.

하지만 시한도 쉽게 당하진 않았다. 정신없이 날아드는 상대의 검을 차분히 튕기고 피하고 걷어내고 흘려낸다.

그 와중에 테오란트의 검이 성시한의 허리춤을 노렸다. 정확히 거리를 파악하고 시한이 몸을 틀어 공격을 피했다.

스쳐 지나간 칼날이 허공에서 반전해 연격으로 이어졌다. 검에 깃든 투기강이 길게 늘어나며 목을 노려왔다.

이번에도 성시한은 무난히 공격을 피했다.

'이 정도에 속지는 않거든?'

이미 그는 상대의 투기 흐름을 통해 투기강이 늘어날 것을 예상한 후였다. 딱히 지구인이라서가 아니라, 초인급 이상이면 그 정도의 예측은 누구나 할 수 있었다.

두 번째 참격마저 피한 시한을 향해 테오란트의 마지막 일격이 들어갔다.

이번엔 딱히 투기를 늘리는 공격이 아니었다. 그래서 시한은 크게 피하지 않고 살짝 물러서 사정거리 밖으로 빠졌다. 피하자마자 바로 반격할 셈이었다.

그런데 성시한의 가슴이 갈라지며 피가 튀었다.

"윽!"

시한은 당황하며 정신없이 뒷걸음질을 쳤다. 다행히 몸에 깃든 투기가 저절로 반응해 방어한 덕에 상처는 깊지 않았다.

그는 당황하며 자신의 가슴을 내려다보았다.

'뭐지? 분명히 거리를 정확히 쟀는데? 투기강을 늘리는 기색도 전혀 없었는데?'

테오란트가 차갑게 미소 지었다.

"놀랐나?"

실제로 그는 투기강을 늘리지 않았다. 단지 어깨와 허리, 그리고 발 위치를 통해 거리를 속였을 뿐이다.

"테라노어 남부 쪽의 검술이다."

아무리 강력한 투기술이라도 결국 인간의 몸으로 행하는 것, 그리고 무신급쯤 되면 서로 간에 투기의 흐름을 뻔히 파악할 수 있다.

"서로가 서로의 투기를 뻔히 알아차리는 경지라면 결국 검의 기량이 승패를 결정짓는 법이지."

근원으로의 회귀였다.

자신만만하게 테오란트가 시한을 몰아붙이기 시작했다.

"받아보아라, 시한!"

뇌신기로 방패를 감싸고 염룡기로 검을 두른다. 그것이 전부다. 두 투기술의 용법을 따로 구사하진 않는다. 어차피 투기술로는 절대 이계구원자를 이길 수 없다.

투기는 그저 성시한과 같은 전장에 오르기 위한 최소한의 자격일 뿐.

일단 같은 전장에 오르기만 하면, 이계구원자의 방대한 투기량에도 버틸 수 있게 되면…….

"그때부턴 기술을 펼칠 수 있지!"

평생 수집하고 검토하고 터득해 온, 테라노어 각지의 검술이 테오란트의 검끝에서 올올이 풀려 나오기 시작했다.

하나하나가 일가를 이루기에 충분한 심오하고 체계 잡힌 검술들, 그것이 단 한 사람의 몸에서 구현된다. 채 적응하기도 전에 바로 검의 흐름이 변화하고 호흡이 바뀌며 기세가 달라진다.

해일처럼 밀려오는 테오란트의 공세에 시한은 하염없이 밀리기만 했다. 그의 안색이 서서히 굳어갔다.

"크윽!"

테오란트가 몰아치며 통쾌한 듯 외쳤다.

"배은망덕한 놈에겐 매가 약인 법!"

"와, 내가 진짜 온갖 상상을 다 해봤는데……"

몰리는 와중에도 시한이 기가 막혀 고함을 질렀다.

"설마 배은망덕하단 소릴 듣게 될 줄은 짐작도 하지 못했다! 적반하장도 유분수지!"

물론 테오란트는 눈도 깜빡하지 않았다. 착실하게 모든 기량을 펼쳐 시한의 빈틈을 공략하고 또 공략해 갔다.

그렇게 계속 몰아붙이던 중이었다.

'…음?'

테오란트는 인상을 썼다. 어째 점점 시한의 움직임이 좋아지고 있었다.

아니, 단순히 좋아지는 정도가 아니다.

점점 그의 움직임을 예측해 반격하고 있다.

테오란트의 몸놀림, 자세, 신체 반응을 통해 다음 공격을 예상하며 착실하게 파훼법을 펼쳐간다. 심지어 그 파훼법 중엔 테오란트 본인조차 모르는 것도 있다.

'어, 어떻게?'

이걸 설명할 수 있는 길은 하나뿐이었다.

지금 성시한은 놀랍게도, 테오란트 자신이 펼치는 검술들을 모두 알고 있다!

"아, 이제 좀 적응이 된다. 역시 완전히 같은 건 아니라서 원리를 파악하는 데 시간이 걸리네."

너스레를 떨며 시한은 강격을 날려 테오란트를 떨쳐 냈다. 그리고 경악한 그를 보며 빙글 웃었다.

"왜 그리 놀라? 나도 지구에서 수행을 게을리하진 않았거든?"

납득할 수 없는 말이었다. 숙련도를 높이는 것과 새로운 검술을 익히는 것은 전혀 다른 문제다.

테오란트의 검술은 대륙 곳곳에서 수집한, 테라노어의 검술이었다. 그걸 지구로 돌아간 성시한이 어떻게?

"어째서 네 녀석이 내 검술을 모조리 알고 있는 거지?"

시한이 어깨를 으쓱였다.

"아, 그러니까 검술이란 게 결국 '칼' 들고 '사람' 잡는 방법이잖아?"

투기의 힘 덕분에 테라노어의 소드하이어들은 온갖 초인적인 움직임이 가능하다

하지만 그래 봤자 그들도 인간이었다. 지구인과 똑같이 팔두 개, 다리 두 개 달린 육체적으론 전혀 다를 게 없는 인간.

그리고 무술이란 결국 인간이 인간의 몸으로 행하는 기술이다.

단순히 원리와 아이디어만을 놓고 본다면……

"지구에도 다 있어, 그 기술들."

*　　　　*　　　　*

　　총화기의 발달로 현대 지구에서 무술과 냉병기의 위상은 극히 하락했다. 현대의 전장에서 냉병기는 그저 총화기의 보조일 뿐이며, 무술은 경기용 스포츠가 되었다.

　　그렇다고 지구의 무술이 테라노어보다 딱히 떨어진다는 건 아니다.

　　사실 지구의 무술은 의외로 수준이 높다.

　　투기술이란 초상 능력이 없기 때문이다.

　　오직 맨몸으로만 펼쳐야 하는 것이 지구의 무술, 총화기가 발달되기 전엔 오히려 지구 쪽이 테라노어보다 더 심도 있게 인체 파괴를 연구해야 하는 입장이었다.

　　물론 총화기가 발달한 후 무술가의 존재가 극히 적어진 것은 사실이었다. 현대 지구와 테라노어를 비교하면, 인구 대비 무술을 업으로 삼는 이의 비율은 테라노어 쪽이 수백 배는 높을 것이다.

　　하지만 고수의 무술을 접할 수 있는 기회는 현대 지구 쪽이 압도적으로 높았다.

　　테라노어에서 기사들의 전투를 접하려면 어떻게 해야 할까?

　　일단 그들이 언제 싸울지 알아야 하고, 정확히 그 시간에

두 사람의 결투 장소로 가야 하며, 싸우는 두 사람의 결투 참
관을 허용해야 한다.

아무리 결투 참관에 목맨 인간이라도 저런 경우가 평생 두
자릿수나 될까?

하지만 지구에서는 너무나 쉽다.

그냥 인터넷 뒤지거나 텔레비전 켜면 된다. 각종 무술의 달
인들이 자신의 기술을 못 보여줘서 안달이다.

무술의 달인이라고 하니 뭔가 굉장히 특별한 비전의 전수자
인 것 같은 뉘앙스로 느껴질지 모르겠는데, 펜싱이나 태권도
같은 각종 스포츠 무술의 금메달리스트, 복싱이나 무에타이
같은 온갖 격투기의 세계 챔피언도 엄연히 무술의 달인이다.

아니, 오히려 저들이야말로 수많은 경쟁을 통해 검증된 진
정한 달인이라 할 수 있겠지.

수많은 경쟁자들 속에서 거르고 걸러진 최고수들의 결투,
테라노어에선 평생 한 번 볼까 말까 하겠지만 지구에선 그냥
텔레비전 앞에 드러누워 리모컨만 조작하면 되는 것이다.

물론 스포츠화된 무술이다 보니 실전에 바로 적용하기엔
좀 무리가 있다. 룰에 맞춰가다 보니 생긴 기술들도 많고.

하지만 성시한은 소싯적에 테라노어에서 지겹도록 실전을
겪은 몸이었다. 경험을 통해 충분히 실전과 스포츠의 경계를
구분할 수 있었다.

"뭐, 그래도 역시 좀 차이는 있어서 적응하는 데 시간이 걸렸지만 말이지."

테오란트는 인상을 썼다.

여전히 이해할 수 없는 부분이 있었다.

"이 검술들은 테라노어 각지에서 비전 중의 비전으로 내려오던 것이다! 아무리 지구라도 그 귀중한 지식을 아무에게나 퍼뜨릴 리가 없지 않느냐?"

성시한은 피식 웃었다.

"미안한데, 아무에게나 퍼뜨려."

과거엔 지구도 테라노어와 같았다. 중국 역사만 봐도 무술인이 자신의 절초를 본 상대를 무조건 죽이려 한 일화는 쉽게 찾아볼 수 있다.

하지만 세상이 변했다.

인터넷만 뒤져도 얼마든지 무술의 비전을 접할 수 있는 시대가 되었다.

검도의 상단 한 손 머리치기는 옛날엔 야규 신카게류에서 비밀리에 전해져 오는 비술 중의 비술이었다. 하지만 요샌 그냥 검색만 하면 동영상이 짠 하고 뜬다.

지금은 올림픽 경기에서 몇억 명이 관람하는 유도의 업어치기도 예전엔 자기가 왜 당했는지도 모르고 당하던 마법 같은 기술이었다.

테오란트가 구사했던, 어깨와 허리, 발 위치를 통해 거리를 속이는 비전의 수법도 실은 멕시코 복서나 검도 쪽에서 흔히 볼 수 있다.

테오란트가 입을 쩍 벌렸다.

"말도 안 되는! 그런 세상이 있을 리 없지 않느냐?!"

비릿한 조소를 띠며 성시한은 웃었다.

"뭐가 이상해? 인간의 목숨을 싸구려로 여기는 테라노어라는 세계도 있는데, 무술의 지식을 싸구려로 여기는 세상이 없으리란 법도 없잖아?"

*   *   *

"으아아아!"

홍분한 테오란트가 황소처럼 달려들었다.

도저히 믿을 수 없다는 얼굴로 평생 신뢰하고 갈고닦던 검술들을 계속해 펼쳐 낸다.

하지만 성시한은 그 모든 기술을 채 펼쳐지기도 전에 끊어 버렸다. 다 한 번 이상 접해본 기술이고 검술이었다.

물론 그가 저 모든 검술을 전부 터득했다는 소리는 아니다. 아무리 시한이 전투 경험이 많다 해도 동영상만 보고 바로 정수를 파악할 정도로 무술이 만만하지는 않다.

'솔직히 말하면 수박 겉핥기였지, 뭐.'

하지만 전혀 모르는 기술과 한 번이라도 접해본 기술, 이 차이는 의외로 크다.

"마, 말도 안 되는……."

테오란트는 믿을 수 없어 목소리를 떨었다. 시한이 싸늘하게 중얼거렸다.

"수행은 너만 한 게 아니야, 테오란트."

무신급 소드하이어가 된 테오란트는 과거에 손도 못 쓰던 투기량의 격차를 기술로 감당할 수 있는 수준까지 줄였다.

시한 역시 마찬가지다. 과거 손도 못 쓰던 기술의 격차를, 투기로 감당할 수 있는 수준까지 줄인 것이다.

"당신이 수련한 만큼 나 역시 수련했어! 그리고 내겐 확실한 목표가 있었지!"

점점 성시한의 공세가 테오란트의 그것을 능가해 갔다.

테오란트가 몰리기 시작했다. 시한의 목소리가 거칠어졌다.

"당신에게 그런 목표가 있었나, 테오란트?"

결국 테오란트의 어깨에서 피가 솟았다.

그는 비틀거리며 뒤로 물러섰다. 투기를 이용해 지혈하며 테오란트는 이를 갈았다.

"젠장, 레비나만을 염두에 두고 있었는데……."

그가 무신급 소드하이어의 경지에 오른 가장 큰 이유는 성시한 때문이 아니다. 시프 퀸, 레비나의 위협 때문이다.

갑자기 테오란트가 눈을 굴렸다.

"혹시 레비나냐? 또 그년의 꼬임에 넘어간 거냐?"

시한은 멍한 표정을 지었다.

'아니, 이 상황에서 갑자기 레비나가 왜 나와?'

그럴 줄 알았다는 듯이 테오란트가 외쳤다.

"이제야 널 소환한 게 누군지 알겠다! 레비나였어! 멍청한 녀석! 그년에게 무슨 소리를 듣고 온 거냐?"

하도 기가 막혀 잠시 말이 나오지 않을 정도다. 디재스터를 든 채 시한은 헛웃음을 흘렸다.

"…대체 자신의 잘못으로 이렇게 되었다는 자각 자체가 없는 거야?"

없는 모양이었다.

"그렇군, 그런 거였어……."

혼자 중얼거리더니 혼자 납득한다. 뭔가 머릿속에서 자신만의 결론을 내린 듯한 모습이다.

'진짜 황당하네.'

그 광경은 일견 슬프게까지 느껴질 정도였다. 인간이 세월의 아집에 갇히면 이렇게까지 전락할 수도 있는 건가?

테오란트가 다시 고개를 들었다.

어느새 그의 안색은 차분해져 있었다. 자신의 검술이 모조리 파훼당한 충격에서 벗어난 얼굴이었다.

아무리 전락했다 해도 그는 여전히 테라노어 최강의 소드하이어 중 하나였다. 그사이 다시 냉정을 되찾은 것이다.

"그래, 내 예상이 빗나갔음을 인정하마."

갑자기 테오란트가 왼손의 방패를 버렸다.

"하지만 그렇다고 내가 패배한 것은 아니다!"

한 자루 검만을 쥔 채 모든 투기를 집중시킨다. 대기가 흔들리며 보이지 않는 압박이 반경 수백 미터를 짓누르기 시작한다.

"원래는 레비나를 상대하기 위한 것이었지만……."

테오란트가 발하던 핏빛 투기가 점점 밝아지며 찬란한 금빛으로 화했다. 시한의 안색이 변했다.

'설마 무신기?'

테오란트가 무신기마저 터득했을 줄은 몰랐다. 이것만큼은 그도 절대 경시할 수 없었다. 검술과 달리 전혀 사전 정보가 없는 것이다.

'이런!'

시한 역시 잽싸게 전신 투기를 디재스터로 집중했다. 그의 검푸른 투기 역시 테오란트처럼 금색으로 변하기 시작했다.

두 사람의 기세가 합쳐지자 그 여파가 사방으로 퍼져 나갔다. 단지 그것만으로 대지의 일부가 갈라지고 주변의 바위들이 무너지며 굉음을 발했다.

쿠쿠쿠쿵…….

완연한 황금빛 속에서 테오란트는 근엄하게 말했다.

"널 죽이고 싶지는 않다, 시한."

제왕의 풍모를 담아 선언한다.

"검을 버리고 항복하거라! 아직은 용서받을 수 있다!"

성시한은 코웃음을 쳤다.

"테오란트, 도대체 현실 감각이란 걸 엿 바꿔 먹기라도 한 거야?"

일반인 눈에야 제왕의 풍모겠지만 같은 무신급인 시한이 저 정도로 위축될 리가 없잖아? 그런데도 저따위로 굴다니?

"나 참, 모두가 왕이라고 치켜세워 주니 정신이 나간 건가?"

"그것이 너의 선택이냐?"

테오란트가 고개를 끄덕였다.

"좋다, 그렇다면……."

그리고 모든 투기를 일거에 폭발시켰다.

"무신기, 검(劍)의 화신(化身)!"

테오란트의 전신이 빛으로 뒤덮였다. 동시에 그의 모습이 사라져 버렸다.

남은 것은 무수히 많은 빛의 검, 시한의 주위 수십 미터를 모조리 뒤덮은 수백 자루의 검뿐이었다.

"성시한!"

그 수많은 검과 검 사이에서 인간의 목소리가 들렸다.

"이제 네 녀석을 벌하겠다!"

마검 디재스터가 빛으로 화했다. 열두 자루의 황금 칼날이 공간을 찢어발기며 구현되었다.

"무신기, 십이지검!"

십이지검을 주위에 두른 채 시한이 고개를 들었다.

수백 자루의 빛의 검이 허공을 흐르며 물결치고 있었다. 그곳에 더 이상 테오란트라는 존재는 없었다.

검이 곧 테오란트였고, 테오란트가 곧 검이었다.

경각심을 느끼며 시한은 무수한 검 자체가 되어버린 그를 바라보았다.

'역시 깨달음 자체는 저 인간이 나보다 훨씬 깊네.'

똑같이 초월적인 의지의 검을 구현했지만 테오란트와 성시한의 무신기는 근원적으로 다르다.

시한은 자신의 권능과 의지를 검에 투영했다. 반면 테오란트는 자신의 존재 자체를 하나의 권능으로 변화시켜 검과 일체가 되었다.

솔직히 검의 경지에서는 성시한보다 몇 수나 위인 것이다.

'하긴, 내가 언제 도 닦아서 무신급 됐냐? 그냥 투기량이 흘

러넘쳐서 저절로 된 거지.'

휘몰아치는 칼날의 폭풍 속에서 테오란트의 목소리가 우렁차게 울렸다.

"네가 나를 죽이려 했으니 나도 그 살의에 응답하겠다, 시한!"

검의 물결이 허공으로 치솟으며 반사광을 뿌린다. 동시에 그대로 성시한에게 직격해 내리꽂는다.

도도하게 흐르던 칼날의 강이 폭우가 되어 쏟아졌다.

"그전에 네가 나한테 뭔 짓을 했었는지는 싹 잊었냐?"

반발하며 시한도 십이지검을 운용해 허공으로 날렸다. 두 사람의 무신기가 허공에서 격돌했다.

콰콰콰쾅!

폭음 속에서 빛의 파편이 사방으로 흩어졌다. 성시한의 십이지검이 칼날의 강을 거슬러 오르며 테오란트의 무신기, 검의 화신을 박살 내고 있는 것이다.

시한이 비웃으며 외쳤다.

"고작 이거야, 테오란트?"

분명 똑같은 힘을 다룬다면 테오란트가 성시한보다 몇 배나 효율이 높았다. 문제는 두 사람이 똑같은 힘을 다루고 있는 게 아니라는 점이었다.

몇 배나 높은 효율로 극대화된 검의 화신의 파괴력이⋯⋯.

"약하잖아!"

딱히 깨달음 같은 게 없어서 비효율적으로 구현된 십이지검의 파괴력보다 밑이다!

십이지검이 계속 칼날의 강을 깨부수며 화려하게 날아올랐다.

연달아 검의 화신을 찢어발기며 사방에 금색 파도를 일렁인다. 부서진 무신기의 파편이 빛의 포말이 되어 산산이 흩어진다.

"크윽……."

정면 대결에서 밀린 테오란트가 뒤로 물러섰다. 수많은 빛의 검이 거리를 벌린 채 재차 대열을 갖췄다.

도로 십이지검을 거둬 주위에 돌리며 시한이 비아냥거렸다.

"경지가 높은 건 알겠는데, 칼 너무 많이 뽑은 거 아냐?"

십이지검이 압도적으로 검의 화신을 깨부순 건 단순히 투기량의 격차 때문만은 아니었다. 테오란트의 분신이 너무 많은 까닭도 있었다.

"적당히 좀 뽑지, 수백 개는 너무하잖아? 뭐, 폼은 난다만."

의외로 테오란트는 당황하지 않았다.

"확인했을 뿐이다."

처음부터 그는 이런 결과를 예상하고 있었으니까.

"역시 이 기술은 네 녀석과 궁합이 좋지 않군."

애초에 그의 무신기, 검의 화신은 성시한을 염두에 두고 만든 기술이 아닌 것이다.

은형의 레비나, 신출귀몰과 천변만화로 대변되는 그녀의 검을 상대하기 위한 것으로 일격의 위력보단 다양성과 변화에 중점을 두었다.

　믿는 건 파괴력밖에 없는 성시한은 정면으로 충돌하면 도저히 감당할 수가 없다.

　하지만 그렇다고 해법이 없는 것은 아니었다.

　"정면충돌로는 도저히 감당할 수 없다면……."

　무수한 검 사이로 테오란트의 목소리가 은은히 울려 퍼졌다.

　"…충돌하지 않으면 되지."

　황금빛 칼날의 강이 또다시 허공을 유유히 흐르기 시작했다.

＊　　　＊　　　＊

　금색의 폭포가 머리 위로 쏟아진다. 수십, 수백의 빛살이 뒤얽히고 흩어지고 뭉치고 흘러내리며 현란한 빛을 발한다.

　시한은 쏟아지는 공세 속으로 십이지검을 날렸다. 열두 자루 빛의 검이 강대한 권능을 담아 칼날의 강으로 쏘아졌다.

　하지만 이번엔 강을 거스르지 못했다.

　그 전에 칼날의 강이 십이지검을 피해 버렸다.

　관통하는 열두 섬광, 그때마다 수많은 검들이 살아 있는 생물체처럼 흩어져 결코 충돌을 허락하지 않는다. 그렇다고 단순히 무질서적인 움직임을 보이는 것만도 아니다. 변함없이 거대한 흐름을 유지하고 있다.

수많은 독립된 흐름이 자신의 개성을 잃지 않은 채 거대한 하나의 흐름으로 화한다.

하나이면서 전체이고 전체이면서 하나인, 마치 대자연 그 자체인 듯한 움직임.

"우와……"

그 순간만큼은 시한도 솔직히 감탄했다.

인간의 의지로 저런 것이 가능하다니, 경외감마저 들 지경이었다.

"…수족관에서 본 피시 볼 같네."

피시 볼(fish ball), 무슨 어묵 이야기가 아니라 정어리 같은 무리를 이루는 어류의 군집 형상을 뜻한다. 지금 시한이 보는 무수한 칼날의 흐름이 마치 그것과 같았다.

수많은 빛의 검이 화려하게 소용돌이친다. 돌아가고, 뭉쳤다 흩어지고, 다시 뭉친다.

아름답다 못해 장엄하고 신비하기까지 한 광경이었다.

…라고 해도 테오란트 입장에선 그렇게 안 들리지.

"이 자식이 감히!"

궁극에 다다른 그의 무신기를 생선 떼 따위에 비유하다니?

분노가 담긴 칼날의 폭풍이 더더욱 거칠게 불어닥쳤다.

'아니, 이번엔 진짜 칭찬한 건데……'

내심 실소하면서도 시한은 해명하지 않았다. 상대가 알아서 냉정을 잃어줬는데 굳이 진정시킬 이유는 없다.

"죽어라, 시한!"

수많은 검이 되어 테오란트는 성시한의 사방을 노렸다. 수백 자루의 빛의 검 하나하나가 오묘한 검술의 묘리를 담아 휘둘러졌다.

수많은 달인에게 포위되어 공격당하는 것이나 마찬가지다. 도저히 파고들 틈이 없다.

그래서 시한은 철저하게 방어에만 치중했다. 섬광과 섬광이 스쳐 지나가고 테오란트가 비웃음을 던졌다.

"왜 막고만 있지? 분명 내 모든 검술을 다 파악했다고 하지 않았나?"

"역시 몸통이 안 보이니 도저히 모르겠어."

심드렁하게 대꾸하며 시한은 계속 십이지검을 휘둘러 자신을 보호하는 데만 집중했다.

그가 얻은 지구의 검술은 어디까지나 '정보'일 뿐이지 '체득'한 것이 아니다. 이런 식으로 나오면 파훼법 따위가 있을 리 없지.

"그래도 뭐, 할 만한데?"

시한이 한 걸음 앞으로 나섰다. 십이지검이 그의 주위를 돌며 검의 소용돌이로 접근했다.

검의 소용돌이가 한발 물러섰다. 파괴력 차이가 극심한 만큼 정면으로 부딪힐 수 없는 것이다.

성시한은 계속 걸었다.

십이지검은 오직 방어에만 치중한 채, 그 중심이 되는 시한 자신이 직접 이동한다. 공격에 반격으로 맞서는 것이 아니라 영역을 장악하는 방식이었다.

거대한 피시 볼의 흐름 주위로 열두 마리의 금빛 상어가 파고드는 형국이 되었다. 테오란트가 밀리기 시작했다.

"이, 이 무식한 녀석이?!"

그는 시한의 의도를 깨달았다.

검술이고 뭐고 없다. 그냥 밀어붙인다. 변화의 극에 다다른 테오란트의 무신기를 그냥 힘으로 압사해 버릴 셈이다.

문제는 그 힘이 너무 크다!

'이, 이 정도였나?'

성시한을 상대하며 테오란트는 자신만만해했다. 그와 같은 무신급 소드하이어의 경지에 오르고 자신만의 무신기 역시 터득한 만큼, 더 이상 이계구원자에게도 꿀리지 않는 힘을 얻었다고 자부했다.

착각이었다.

'나도 이젠 같은 위치에 올랐다고 생각했는데!'

콰콰콰콰쾅!

십이지검이 검의 화신을 점점 더 좀먹어가기 시작했다. 뭔가 해보려고 해도 일단 방어에만 치중하고 있으니 대책이 없었다.

방패를 앞세워 밀고 들어오는 중장보병 같은 형국인데, 문제는 저 방패에 닿기만 해도 이쪽이 갈려나간다는 것이다.

무수한 빛의 검이 깨지고 또 깨지며, 결국 비명이 터져 나왔다.

"크억!"

*　　　　*　　　　*

수많은 빛의 검이 허공에 응집되더니 인간의 형상으로 바뀌었다. 무신기, 검의 화신이 깨지며 테오란트가 본모습을 드러낸 것이다.

"젠장, 무신급 주제에 저따위 수법을 쓰다니……."

그는 분노마저 느끼며 성시한을 노려보았다.

무신급 소드하이어라면 대륙의 모든 무인들이 경외하는 궁극의 경지였다. 가장 위대한 무인의 칭호이기도 했다.

"그런 주제에 저런 기술이라 칭하기도 부끄러운 짓을 해?"

테오란트가 비난을 하든 말든 성시한은 신경 쓰지 않았다. 워낙 어이없는 헛소리를 많이 들어서 그런지, 이제 저 정도론 귀도 가렵지 않았다.

십이지검을 허공에 띄우며 시한이 싸늘하게 말했다.

"슬슬 끝을 보자, 테오란트."

날아오른 십이지검이 합쳐지며 거대한 빛으로 변했다. 압도적인 권능의 구가 주위의 모든 것을 짓누르며 열기를 발하기 시작했다.

"무신기, 무극천광!"

투기의 태양이 떠올라 세상을 뜨겁게 달구어갔다.

눈이 부시도록 찬란한 저 빛을 앞두고 테오란트는 어이가 없어 웃었다.

"지금 날 상대로 무극천광을 쓰겠다는 거냐?"

무극천광, 이름은 참 있어 보이지만 사실 원리는 별거 없다.

무식하게 드높은 성시한의 투기를 꾸역꾸역 뭉쳐서 만든 십이지검, 그것을 더욱 무식하게 꾸역꾸역 뭉쳐서 강력한 파괴의 빛으로 만들고, 하늘 높이 띄운 뒤 혹시 몰라 남은 빈틈까지 꽉꽉 압축시킨 기술일 뿐.

파괴력 하나는 끝내주지만 그만큼 발동 시간도 길고, 공격 궤도도 단순하다.

이건 처음부터 사람 잡으려고 만든 기술이 아닌 것이다. 어디까지나 초대형 이계 마물 퇴치용이지.

"날 무시하는 거냐? 사전에 얼마든지 발동을 막을 수 있는 기술이잖아!"

테오란트는 흥분하며 투기를 끌어올렸다.

성시한이 어깨를 으쓱였다.

"그래서 지금의 네가 무슨 수로 사전에 발동을 막을 건데?"

순간 테오란트의 안색이 굳었다.

"…어?"

생각해 보니 맞는 말이었다.

무극천광의 발동을 미리 막으려 해도 그 흐름에 끼어들 최소한의 힘은 필요하다. 문제는 그 최소한의 힘도 무신기 정도는 되어야 한다는 것.

아니면 작정하고 도망가는 길뿐인데, 저놈의 무극천광은 워낙 파괴 범위가 넓다. 지금 몸 상태로는 채 거리를 벌리기도 전에 무극천광에 휘말릴 판이다.

날아올 줄은 뻔히 아는데, 막거나 피할 방법이 없다!

"젠장!"

테오란트는 이를 갈았다.

"아직이다! 아직 끝나지 않았어!"

이를 갈며 남은 모든 투기를 긁어모아 전신을 금빛으로 뒤덮는다.

"무신기, 검의 화신!"

지금 테오란트의 상태로 무신기를 재발동하는 것은 극히 위험한 일이었다. 성공 확률도 굉장히 낮았다.

하지만 놀라운 정신력으로 그는 결국 성공해 냈다. 또다시 테오란트의 전신이 수백 자루의 검으로 화했다.

"으아아아아!"

요란한 기합성과 함께 수백 자루의 광검이 허공에 떠오른 투기의 태양과 충돌했다.

*   *   *

광검의 해일이 무극천광을 휘감으며 폭풍처럼 몰아쳤다. 빛과 소음이 버벌트 협곡을 뒤덮었다.

당장에라도 터질듯 요동치는 무극천광의 강대한 기류, 그 틈새를 파고들며 테오란트의 광검이 연신 태양을 깎아낸다. 깎인 무극천광의 빛이 파편이 되어 유성처럼 대지를 강타한다.

콰콰콰쾅!

무자비한 폭음과 함께 협곡이 요동을 쳤다. 단순한 여파만으로도 지진이 일어나고 땅거죽이 뒤집어지며 수십 줄기의 회오리가 일어나 굉음을 떨쳤다.

'크으, 이 무슨 무식한 힘이냐!'

무극천광의 흐름에 휘말리며 테오란트는 기막혀 했다.

아직 성시한은 무극천광을 쏘지도 않았다. 그냥 화살을 활에 재어놓은 상태일 뿐이다. 그런데 그 여파만으로도 사방에서 천지개벽이 일어나고 있다.

'이게 이렇게까지 강한 거였나?'

십 년 전에도 이미 테오란트는 무극천광의 위력을 익히 보았다. 하지만 그걸 본인이 맞아본 적은 없었다.

작정하고 부딪혀 보니 눈앞이 캄캄해질 정도로 아득한 힘이었다.

"젠장!"

테오란트는 이를 갈았다.

"질까 보냐!"

이를 갈고, 욕설을 퍼부으며, 수백 자루 검이 되어 저 눈부신 '인공 태양'을 향해 쇄도하고 또 쇄도한다.

"타아아아아아!"

잠시 후 테오란트가 다시 모습을 드러냈다. 수십 자루의 검을 주위에 띄운, 검의 화신이 반쯤 풀려 검과 본신이 혼재된 상태였다.

지독하게 탈진한 얼굴, 그러나 그 와중에도 그는 미소 짓고 있었다.

"하하……."

대부분의 투기를 소모했다. 이제 더 이상 남은 힘 따윈 거의 없다. 하지만…….

"하하핫!"

버벌트 협곡의 하늘에 뜬 두 개의 태양 중 하나는 사라져 있었다.

깼다!

자신의 무신기로 이계구원자의 최강 무신기, 무극천광을 극복했다!

기술이 힘을 이길 수 있다는 평생의 신념을 증명한 것이다!

테오란트의 광소가 흙먼지 자욱한 협곡의 하늘 위로 울려 퍼졌다.

"으하하핫!"

*   *   *

"아, 깨졌다."

성시한은 테오란트를 바라보며 입을 삐죽였다.

"역시 무극천광은 발동 시간이 너무 길다니까? 쳇."

테오란트는 고개를 돌려 지상의 시한을 노려보았다. 그의 눈빛에서 살기가 흘러나왔다.

'흐흐, 어리석은 놈!'

성시한은 자신의 오만함 때문에 기껏 발동시킨 무신기를 소멸당했다. 반면 그는 비록 탈진 상태였지만 아직 검의 화신이 유지되고 있다.

물론 여력이 있으니 시한 역시 금방 무신기를 재발동할 순 있겠지만, 그래도 몇 초의 여유는 필요한 것이다.

그런데 그 여유를 주지 않는다면?

실로 절호의 기회였다.

"죽여주마, 시한!"

테오란트는 통쾌해하며 수십 자루의 검과 함께 지상으로 쏘아졌다. 어느새 그의 머릿속엔 수많은 칼날에 찔려 죽어가는 성시한의 모습이 그려지고 있었다.

하지만 테오란트가 흥분 상태가 아니었다면 알아차릴 수도 있었을 것이다.

무극천광이 깨졌음에도 성시한이 전혀 당황하고 있지 않다는 것을.

"대단하시네, 정말."

시한은 비꼬며 오른손을 들어 테오란트를 겨눴다. 순간 그는 경악했다. 기감에 강대한 힘이 느껴지고 있었다.

그것은 투기가 아니었다.

"아케인 퍼니시먼트!"

시한의 외침과 동시에 강렬한 빛이 테오란트의 시야를 가득 메웠다.

해일처럼 밀려오는 거대한 파괴의 섬광, 섬광계 최강의 9층 마법을 마주하며 그는 경악했다.

"너, 너 이 새끼?! 아까 분명 마법 안 쓴다고……."

성시한이 방긋 웃었다.

"아, 거짓말이었어."

뇌성과 함께 빛의 기둥이 테오란트를 통째로 뒤덮으며 하늘을 꿰뚫었다.

"으아아악!"

*   *   *

사미드는 혼란에 빠져 있었다.

'도대체 무슨 일이 벌어진 거냐?!'

그의 스승, 테오란트가 무신기를 발동했다. 워낙 강렬한 기세라 원거리의 사미드도 그 기운을 감지할 수 있을 정도였다.

무신기를 써야 할 정도로 강력한 적이 이곳에 있었다니? 그것만으로도 당혹스럽기 그지없는데 문제는 그 상대였다.

'대체 이 괴물은 뭐냐고?!'

저 테오란트가 하찮게 보일 정도로 엄청난 기운이었다. 현재 대륙 최강의 소드하이어로 인정받는 은형의 레비나조차도 밑으로 두는, 그야말로 인간이라고 믿어지지 않을 정도로 강대한 투기였다.

'말도 안 돼! 전설의 이계구원자라도 저 정도는 아닐 텐데?'

사실은 더도 덜도 말고 딱 저 정도지만, 혁명전쟁 시절을 모르는 사미드 입장에선 저렇게 느껴질 수밖에 없었다.

집중력이 깨진 사미드를 향해 날카로운 대검이 연거푸 날아왔다.

"어이! 눈앞의 상대를 두고 어디 한눈을 파시나?"

피더페히트를 펼치며 제논은 쉴 새 없이 사미드를 몰아붙였다. 알리타 역시 어둠과 어둠 사이를 이동하며 계속해서 빈틈을 노렸다.

'제, 제길!'

원래의 실력은 전혀 내지 못한 채 그는 주구장창 밀리기만 했다. 안 그래도 워낙 정교한 합동 공격이라 상대하기 까다로운데, 집중력마저 흩어졌으니 도저히 승기를 잡을 수가 없었다.

오죽하면 다른 백경기사단들마저 의아해할 정도였다.

'사미드 님이…….'

'왜 저러시지?'

이들은 사미드처럼 원거리의 무신기를 감지할 정도로 경지

가 높지 않은 것이다. 모르는 게 약이라고, 저 엄청난 투기에
도 아랑곳 않고 자신의 전투만 차분히 이어가고 있었다.

물론 예민한 몇몇은 아까부터 이상하게 발밑이 흔들린다고
생각하고 있었지만, 설마 이 '지진'이 사람이 저지른 짓이라곤
감히 생각지 못했다.

"큭! 크윽!"

정신없이 밀리던 중이었다. 순간 사미드의 안색이 변했다.

점점 희미해지던 테오란트의 기세가 어느 순간 사라져 버렸
다!?

'서, 설마?!'

완전히 정신이 그쪽으로 향해 버렸다. 그리고 제논은 그 틈
을 놓치지 않았다.

강렬한 일검이 투기를 실어 쏘아졌다.

"타아아앗!"

사미드의 어깨에서 피분수가 솟았다.

"으윽!"

그 와중에도 그는 몸을 틀어 치명상을 피해냈다. 초인급을
넘보는 천부적인 재능이 목숨을 살려준 것이다.

"어림없다, 이놈!"

오히려 사미드가 제논에게 반격을 날렸다. 아지랑이 같은
투기검이 제논의 가슴팍을 스쳐 지나갔다.

선혈이 튀고 제논이 신음했다.

"크윽!"

그 틈에 사미드는 잽싸게 거리를 벌렸다. 그리고 안도했다. 제논도 알리타도 공격 범위 밖에 있었다. 일단 한숨 돌릴 여유가 생겼다.

'일단 저 계집부터 처리해야······.'

살기 띤 눈으로 사미드가 알리타를 노려볼 때였다. 순간 심장이 덜컥 내려앉았다.

'헉?!'

사미드가 거리를 벌렸다는 건, 그녀 역시 거리를 벌렸다는 의미다. 그리고 보통 거리를 벌리면 소드하이어보다 마기언이 유리하게 마련이다.

"타오르는 광휘······."

알리타는 오른손을 내밀며 회심의 미소를 지었다.

"아케인 블래스트!"

허공에서 한 사내가 뚝 떨어졌다.

박살 난 갑옷 차림에 온몸이 피투성이, 전신 힘줄과 근육마저 난도질된 비참한 모습이었다.

"크으윽······."

극심한 고통 속에서 테오란트는 신음했다.

몸 상태는 심각했다. 전투는 고사하고 몸을 일으킬 수조차 없었다. 무신급의 투기는 한 올도 남지 않았고, 강철 같던 육체는 너덜너덜해졌다.

이를 갈며 테오란트가 고개를 들었다.

"스스로 한 말을 번복하다니……."

분노에 차 고함을 터뜨린다.

"네 녀석에겐 무인이 지녀야 할 최소한의 명예조차도 없는 것이냐!"

참으로 준엄한 꾸짖음이었다. 적어도 어투는 그랬다.

이젠 더 이상 웃기지도 않았다.

"인간이 가져야 할 최소한의 양심은 고려 대상도 못 되나 보지?"

시한은 디재스터를 겨눈 채 테오란트를 내려다보았다. 그는 아직도 이 '억울한' 상황에 분노하고 있었다.

"난 그저 네 녀석을 고향으로 돌려보내 줬을 뿐이다! 은혜를 원수로 갚아도 유분수지!"

정말이지, 참으로 한결같은 태도다.

'차라리 젝센가드가 그리워질 지경이군.'

어떻게 그토록 올곧던 사람이 이렇게까지 변할 수 있을까?

"당신 말대로 테라노어에 남아 있었다면 내가 더 불행해졌을 수도 있어. 그건 인정해."

싸늘한 목소리로 말을 잇는다.

"하지만 아니었을 수도 있지."

중요한 것은 결과가 아니다. 그가 테오란트를 용서할 수 없는 이유는 따로 있다.

바로 성시한 자신이 내려야 할 판단을 테오란트가 멋대로 했다는 점이다!

"당신은 내가 아니야, 테오란트. 그러니 당신이 내 인생의 성공과 실패를 정할 이유도 없어!"

여전히 테오란트는 시한의 분노를 이해하지 못했다. 말 몇 마디로 바뀔 만큼, 그가 삶 속에서 쌓아온 아집은 작지 않았다.

그는 그저 한탄했다.

"하아, 끝까지 철이 들지 않는구나, 시한."

시한은 실망하지 않았다. 어차피 들어 먹을 거라 기대하지도 않았으니까.

자신을 겨누는 디재스터의 예리한 칼날, 그것을 응시하며 테오란트가 허탈하게 중얼거렸다.

"좋아, 복수든 뭐든 멋대로 해보거라."

"물론 그래야겠지만……."

시한이 검을 거두었다. 디재스터를 단검의 형태로 바꾸더니 도로 허리춤에 찬다.

"당장 그날의 복수를 할 생각은 없어, 테오란트."

"…뭐라고?"

상황을 이해 못 한 테오란트가 눈을 치켜떴다.

차갑게 웃으며 시한이 말을 이었다.

"당신한테는 선객이 있으니까. 그렇지, 우드로우?"

성시한의 등 뒤에서 섬뜩하기까지 한 대꾸가 들려왔다.

"물론이죠, 시한 대장."

두 무신급 소드하이어의 전투로 박살 난 바위산 너머, 우락부락한 인상의 대머리 사내가 차가운 살기를 흩뿌리며 다가오고 있었다.

* * *

"하이어 말루프는?"

시한의 물음에 답한 이는 우드로우 뒤에서 따라오던 비렛타였다.

"부상이 심해서 항복했어요."

"말루프가 항복을? 웬일이야?"

성시한이 아는 말루프는 자기 목숨은 물론이고, 설사 가족이나 친지의 목을 걸고 위협해도 절대 항복할 성격이 아니었다. 오히려 더 날뛰면 날뛰었지.

우드로우가 피식 웃었다.

"그는 시한 대장의 존재를 감지했습니다."

테오란트에 대한 충성 못지않게, 말루프는 이계구원자에 대해서도 경외를 지니고 있었다. 자신이 믿고 따르던 두 인물이 충돌한다는 것을 깨닫고 나니 도저히 판단을 내릴 수가 없었던 것이다.

"시한 대장을 직접 만나기 전까진 일단 항복하겠다더군요."

말이 좋아 항복이지, 사실은 휴전에 가까웠다.

하이어 말루프와 그를 따르던 백경기사단은 무장을 해제하지도, 포박을 받아들이지도 않았다. 그저 전투를 잠시 멈추고 대기할 뿐.

"그럼 창천기사단 일부만 그들과 함께 있는 거야? 위험하지 않아?"

성시한은 인상을 썼다. 우드로우와 비렛타가 자리를 비운 지금, 창천기사단의 전력이 확실히 밀리는 것이다.

"혹시 항복한 척하면서 다시 덤벼들면 어쩌려고?"

"말루프는 그럴 인간이 아니지요."

비록 적으로 다시 만났지만 우드로우는 말루프의 성품을 신뢰하고 있었다. 테오란트조차도 그의 반발을 고려해 일부러 자리를 비우게 한 뒤 창천기사단을 숙청하지 않았던가?

"어차피 시한 대장을 만나면 전부 해결될 일 아닙니까?"

우드로우는 싱글싱글 웃으며 시한의 곁으로 왔다. 그리고 피투성이가 된 테오란트를 노려보았다.

그의 미소가 점차 섬뜩하게 변했다.

"오랜만입니다, 테오란트 폐하."

"…우드로우, 비렛타……."

테오란트의 안색이 창백해졌다.

두 사람으로부터 흘러오는 살기가 지독히도 강하다. 당장 몸을 일으키고 싶었지만 도저히 육신이 말을 듣지 않는다.

비렛타가 검을 빼 들었다.

"드디어 죽어간 동료들의 원한을 갚을 날이 왔구나, 테오란트!"

독기 가득한 목소리였다.

테오란트가 이를 갈았다.

"그대들은 헛소문으로 국왕의 권위를 더럽혔다. 자신들의 어리석음으로 인한 응당한 대가를 받았을 뿐이거늘!"

비렛타의 눈매가 더더욱 매서워졌다.

"…헛소문 아니잖아?"

"그렇다 하더라도 그대들이 왕국의 질서를 어지럽힌 것은 사실이 아니냐? 무릇 왕 된 자는 때론 어쩔 수 없이 백성들을 위한 선택을 내려야 할 필요가 있다!"

"그래? 창천기사단을 숙청하는 게 대체 왜 백성을 위한 선

택인데? 우리가 백성들을 약탈하기라도 했나?"

"왕권이 흔들리는 것은 곧 나라가 흔들리는 것이다. 그것만으로도 그대들의 죄는 깊다!"

죽어가는 와중에도 여전히 테오란트는 당당했다.

실로 하늘을 우러러 한 점 부끄럼이 없는, 스스로의 신념에 조금의 의문도 품지 않는 태도였다.

"하아……."

성시한은 한숨을 쉬었다.

그 모습은 분명 그가 기억하는 과거의 테오란트와 같았다.

절대적인 제국의 탄압 속에서도 결코 신념을 버리지 않고 굴하지 않으며, 당당히 자신의 길을 걷는 혁명가의 모습이었다.

하지만 시대가 바뀐 지금은, 그저 남의 말을 전혀 듣지 않는 독재자일 뿐.

성시한은 발걸음을 돌렸다. 그리고 과거를 등졌다.

아쉽지만 테오란트에 대한 시한의 복수는 여기까지였다. 지금의 그에겐 테오란트를 차원 너머로 던질 자격이 없었다.

그보다 더 큰 자격을 지닌 이들이 있으니까.

"맡기겠어, 우드로우, 비렛타."

성시한을 교차해 지나가며 우드로우가 쓴웃음을 지었다.

"부끄럽군요."

남이 잡은 사냥감을 가로채는 것은 실로 부끄러운 일이다.
하지만 성시한은 남이 아니었고, 또 자신들은 이미 부끄러운
존재였다.

소중한 동료를 지키지 못했고, 그들의 죽음을 대가로 비참
하게 도주해 삶을 연명하고 있었으니까.

"그렇다면 하다못해 죽은 이들의 넋이라도 위로하는 수밖
에."

우드로우도 테오란트 앞에 서서 검을 뽑았다. 테오란트의
얼굴이 더더욱 굳었다.

"나로선 그럴 수밖에 없었다, 우드로우! 모든 것을 백성을
위해······."

"우리를 설득할 필요는 없습니다, 테오란트 폐하."

우드로우가 테오란트의 말을 가로막았다.

"당신이 죽인 건 우리가 아니니까요."

싸늘한 비렛타의 목소리가 은은히 울렸다.

"변명하려면 저승에 가서, 죽은 창천기사단에게 하도록 해.
용서는 그들의 몫이니까."

두 사람의 검이 섬광이 되어 내리꽂혔다. 두 개의 칼날이
테오란트의 심장을 교차해 파고들었다.

"어, 어리석은 놈들······. 내가 죽으면 누가 이 나라를······."

선혈이 꿀렁이며 갑옷 사이로 솟아나온다. 침잠된 눈빛으

로 우드로우는 한때 믿고 따르던 영웅의 마지막을 지켜보았다.

"잘 가십시오, 테오란트."

두 눈을 부릅뜬 중년 사내의 입술 사이로 피 섞인 한숨이 토해졌다.

"크어억……."

혁명 7영웅, 뇌화의 테오란트가 세상에 남긴 마지막 숨이었다.

*   *   *

사미드는 죽었다.

그는 분명 강력한 소드하이어였지만, 정통으로 날아든 알리타의 아케인 블래스트를 감당할 수준은 아니었다.

시체조차 못 남기고 산산이 박살 나 야산에 흩뿌려졌다.

"정확히는 시체가 좀 남긴 했습니다, 시한 님. 그러니까 왼팔과 오른발 일부, 콩팥 한쪽, 간장 절반, 십이지장 일부가……."

"디나, 너무 상세한 묘사는 할 필요 없어……."

알리타는 보고하는 디나를 만류하며 부르르 떨었다. 아무리 자기 손으로 한 짓이라지만 굳이 저런 참혹한 광경을 되새길 필요는 없잖아?

디나는 태연했다.

"정확한 관찰은 종자의 의무입니다, 마스터."

"역시 테라노어 애들은 무섭다니까."

시한은 고개를 절레절레 저으며 계속 보고를 들었다.

그렇게 사미드를 잃고 나서도 백경기사단은 항복하지 않았다. 끝까지 저항하며 투지를 불살랐다.

하지만 제논과 알리타가 합류하자 결국 승패가 갈렸다. 반정도는 사망했고, 나머지 반도 큰 부상을 입었다.

"죽이지 않으려고 고생을 좀 했습니다만, 어쩔 수 없었습니다."

제논이 머쓱해하며 머리를 긁었다. 백경기사단은 과거 혁명전쟁 시절부터 싸워온 이들이었다. 따지고 보면 이들 역시 성시한의 전우인 것이다.

아무것도 모르는 이들의 죽음이었다.

시한은 아쉬워했다. 하지만 현실을 받아들였다.

"할 수 없지. 전쟁인걸."

하이어 말루프가 이끌었던 스무 기의 백경기사단, 그리고 성시한을 직접 조우한 이들은 무사했다. 그리고 그들은 전원 혼란에 빠져 있었다.

모두들 용맹한 북부의 전사였다.

그 어떤 강력한 적이라도, 설사 전혀 승산이 없는 전투라 할지라도 목숨을 내던질지언정 전의를 잃는 경우는 없었다.

하지만 상대는 이계구원자였다. 그들이 충성을 맹세한, 국왕 이상으로 믿고 따르던 인물이었다.

"폐하께서 그런 짓을?"

"미, 믿을 수 없는……."

"하지만 분명 저분은 틀림없는 이계구원자……."

하이어 말루프는 성시한 앞에 서서 말을 잇지 못하고 있었다.

"성시한 돌격대장님……."

"이제 어찌할 셈이야, 말루프?"

"모르겠습니다……."

말루프는 한숨을 쉬었다. 그는 백경기사단장이었다. 자신의 선택이 이 자리에 있는 백경기사단의 운명을 결정짓는 만큼 현실에서 눈을 돌릴 순 없었다.

"일단 눈앞의 혼란은 막아야겠지요. 이후의 일은 그때 생각하겠습니다."

그렇게 말루프는 성시한의 밑으로 들어왔다. 그가 이끌던 백경기사단 역시.

수뇌부를 장악했으니 테오란트가 끌고 온 천여 명의 병력과 마기언들도 자연스레 시한의 영향력하에 놓였다.

창천기사단을 처리하겠다고 올라간 백경기사단이 그들과 어깨를 나란히 하고 돌아오는 광경에 많은 이들이 의구심을 표했지만, 군대의 특성상 대놓고 묻는 이들은 없었다. 다들 자연스럽게 말루프의 명령에 복종했다.

군대를 지휘하는 그를 보며 문득 시한이 물었다.

"그런데 말루프, 테오란트의 죽음은 당분간 숨길 셈이야?"

말루프는 시한에게 테오란트의 시신을 수습하게 해달라고 요청했다.

비록 테오란트가 겉보기와 다른 인물이었다는 것이 밝혀졌지만, 그래도 한때는 충성을 맹세했던 주인이다. 주군으로 섬겼던 이가 들판에서 야수의 밥이 되도록 내버려둘 순 없다.

성시한도, 우드로우와 비렛타도 그런 것까지 거부하지는 않았다.

시한은 마음대로 하라며 허락했고, 몰래 테오란트의 시신을 수습한 뒤 말루프는 그 사실을 비밀에 부쳤다.

"일단 에란트 왕제를 만나는 게 우선입니다, 시한 대장님."

말루프는 자신이 한낱 무부임을 자각하고 있었다. 정치적인 소양 따윈 전혀 없는 자신이 함부로 이런저런 판단을 할 수 없다.

"그게 좋겠군. 그렇게 해, 말루프."

그렇게 시한 일행과 창천기사단, 백경기사단과 천여 명의 군대가 왕도 글레이시어를 향한 귀환길에 올랐다.

　　　　　*　　　　　*　　　　　*

　차가운 겨울바람이 부는 황야의 진지.

　성시한은 자신의 천막에 앉아 말없이 촛불을 바라보았다.
그는 지금 다시 천변기로 얼굴을 바꾼 뒤 창천기사단의 일개
단원으로 위장하고 있었다.

　흔들리는 촛불을 바라보며 이름을 중얼거린다.

　"젝센가드, 카렌 이나시우스, 테오란트……."

　과거의 친구들 중 세 명이 대가를 치렀다. 이로써 복수의
절반을 행한 셈이었다.

　남은 이름들을 읊조린다.

　"릴스타인, 사파란, 그리고……."

　잠깐 눈을 감았다 뜨며 시한은 마지막 이름을 한숨처럼 토
해냈다.

　"레비나."

　그때였다. 장막의 휘장이 걷히며 백금발의 소녀가 슬쩍 안
을 들여다보았다.

　"들어가도 돼요, 시한?"

　"응, 들어와."

　알리타가 안으로 들어서며 빙그레 웃었다.

　"세 번째 복수의 성공, 축하해요, 시한."

"…복수란 게 축하까지 받을 일인가?"

고소를 띠며 시한이 어깨를 으쓱였다.

"그런데 왜 왔어? 그 말 하려고?"

"아니, 저……."

잠깐 머뭇거리다 알리타가 슬쩍 눈치를 보았다. 사실대로 이야기해도 될까? 에이, 모르겠다. 그냥 이야기하지, 뭐.

"또 궁상떨고 있나 싶어서 와봤어요. 원래 시한은 복수를 한 번 할 때마다 그러더라고요?"

"그거 미안하네."

실소하며 시한은 옆자리를 가볍게 털었다. 알리타가 옆에 와 앉았다.

"괜찮은 거예요? 아까 보니까 별로 후련해 보이는 표정이 아니라서……."

"솔직히 말하면 후련한 건 아냐."

성시한은 알리타의 말을 긍정했다. 그리고 어깨를 으쓱였다.

"하지만 기분이 나쁘지도 않아. 응, 확실히 그래."

"헤에……."

알리타가 눈을 가늘게 떴다.

"아비 없는 자식들 만든 건 괜찮고요?"

"내가 그것에 죄책감을 느껴야 하나?"

"아뇨. 그런데 이제까진 느꼈잖아요?"

"지구인인 나는 그랬겠지."

순수한 테라노어의 어린 소녀, 디나를 보면서 그간 느낀 바가 있었다.

"그동안의 난 지구인도, 테라노어인도 아닌 어중간한 존재였어."

하필이면 사춘기, 가장 감수성 강한 시기를 테라노어에서 겪었다. 남들은 질풍노도의 시기라는데 혼자만 혈풍노도(?)의 시기를 보낸 셈이다.

그리고 지구로 돌아가 십 년이란 세월을 보냈다.

"복수는 테라노어인처럼 하다가, 고민은 지구인처럼 하다가, 만날 왔다 갔다 하니 나란 놈이 삐걱거리는 게 당연하지."

시한의 표정은 의외로 태연했다. 그래서 알리타는 내심 안도했다.

사실 그녀는 성시한을 꽤 걱정하고 있었다.

테오란트의 마지막을 처리한 것은 우드로우와 비렛타다. 성시한이 아니다. 사실 그는 자신의 복수를 마무리 짓지 못한 셈이다.

"그런데 별로 신경 쓰는 표정이 아니네요?"

"내 마음만 편하면 된다는 걸 깨달았으니까."

복수는 학교 숙제 같은 것이 아니다. 복수를 잘했는지 못했는지 채점하는 사람 따윈 없다.

그저 마음 가는 대로 행하면 그만.

성시한은 후련한 미소를 띠었다.

"이젠 레비나를 찾아갈 준비가 되었어."

Chapter 2

바람직한 호가호위(狐假虎威)

십 년 만에 다시 만난 에란트와 성시한의 대화는 간략했다.

"성시한 님?"

"오랜만이야, 에란트."

성시한과 우드로우, 비렛타와 말루프가 함께 나타난 걸 본 순간, 에란트는 모든 상황을 파악해 버렸다.

후련하기 그지없는 표정을 짓고 있는 우드로우와 비렛타.

반면 침울한 얼굴의 말루프.

성시한을 돌아보며 에란트가 나직하게 물었다.

"결국 그 소문은 사실이었습니까?"

"응."

"그럼 형님께선 돌아가셨겠군요."

"…응."

에란트는 우울해했다. 아무리 테오란트와 사이가 나빴다지만, 친형제의 죽음 앞에서 태연할 순 없었다.

하지만 그렇다고 마냥 슬퍼하고 있지만도 않았다.

"바로 입궁하겠습니다. 도와주세요, 하이어 말루프."

일국의 왕이 죽었다. 그리고 에란트는 그 여파가 얼마나 클지 충분히 이해하고 있었다.

말루프와 백경기사단을 대동한 채 그는 왕궁으로 향했다. 그리고 대신들을 소집한 뒤 테오란트의 죽음을 알렸다.

"폐하께서 불의의 사고로 목숨을 잃으셨습니다."

말루트가 테오란트의 시신을 잘 수습한 덕에 국왕의 죽음이 의심받는 경우는 없었다.

믿고 따르던 영웅의 관을 앞에 둔 신하들은 슬퍼했고, 또 분노했다. 당연히 범인이 누구인지 궁금해했다.

"백경기사단의 보고에 따르면, 폐하께선 수행 도중 무신기의 폭주로 인해 자멸하셨다고 합니다."

뒤이어 백경기사단원들이 그날의 사고에 대해 증언했다.

"폐하께서 새로운 경지에 도달하시어……."

"그 와중에 투기의 흐름이 폭주하는 바람에……."

성시한은 자신의 존재가 되도록 세상에 알려지지 않기를 바랐다. 그의 뜻을 존중해 에란트는 사건을 조작했다. 백경기사단과 말을 맞춘 뒤 어디까지나 사고로 테오란트가 사망한 것으로 꾸몄다.

물론 말루프의 성격상 거짓 증언을 하는 것이 결코 쉬운 일은 아니었다.

'하지만 이 경우는 상황이 특별하니까…….'

진실을 말하면 섬기던 군주의 치부를 세상에 드러내게 된다. 물론 그로 인해 억울한 이가 불명예를 안게 된다면 목숨을 걸고서라도 진실을 알렸겠지만, 진실을 숨겨달라고 요구한 이가 바로 장본인인 성시한이다.

당사자의 요구인 만큼, 게다가 그 결과가 테오란트에게 불명예스러운 것도 아니니만큼 말루프가 거부할 명분이 없는 것이다.

좀 어색해하긴 했지만 그는 훌륭히 대신들 앞에서 위증을 해냈다.

"폐하의 무신기가 폭주해 그분의 목숨을 앗아갔으며, 그 여파로 하이어 사미드와 여러 백경기사단원들이 휘말렸습니다."

전투 도중 죽은 이들 역시 모두 테오란트의 폭주에 휘말린 것으로 처리되었다.

대신들은 의심하지 않았다.

말루프의 성품을 아는 대신들은 설마 그가 위증을 하고 있을 거라곤 생각지도 못했다. 게다가 굳이 말루프의 올바른 성격이 아니더라도, 정황상 딱히 의심할 이유가 없었다.

타국에서 저지른 짓이라면 위증할 이유 없이 그냥 사실대로 말하면 되고, 내부의 배신이라기엔 현실성이 너무 적었다.

저 보고가 위증이라면, 하이어 말루프와 백경기사단이 테오란트를 배신하고 에란트 왕제와 손을 잡았다는 의미가 된다.

그런데 말루트와 백경기사단이 테오란트 대신 에오란트 왕제를 택할 이유가 대체 뭐가 있는가? 지금도 충분히 테오란트의 신임을 받고 왕국 최고의 정예로 군림하고 있는데?

이러한 이유로 별다른 의심 없이 테오란트의 죽음은 모두에게 받아들여졌다.

이후, 에란트는 백경기사단의 무력에 힘입어 빠르게 왕실을 장악해 갔다.

재상 시절부터 여러 귀족들의 존경을 사고 있던 에란트였다. 쫓겨나 은둔하는 지금도 행정부 쪽에 여전히 영향력이 남아 있을 정도다. 거기에 군부, 백경기사단의 지지마저 얻었다.

테오란트의 자식들은 너무 어리고 서세인 왕비 역시 외척의 힘이 크지 않았으니, 자연스럽게 에란트 왕제는 테오란트 왕국의 두 번째 국왕이 되었다.

＊ ＊ ＊

왕궁 노스윈드의 한 응접실.

빛바랜 금발에 청안을 지닌 차분한 인상의 30대 후반 사내가 소파에 앉아 말을 이었다. 그는 자기보다 훨씬 어린 검은 머리의 청년에게 정중한 태도로 보고를 올리고 있었다.

"…이렇게 처리됐습니다, 시한 님."

북해의 상징이자 테오란트 왕국의 상징이기도 한 흰고래의 문양이 새겨진 새하얀 털외투를 걸친 남자, 이 나라의 새로운 국왕이 된 에란트 1세를 바라보며 성시한은 다행이란 표정을 지었다.

"백성들에게 별 영향 없이 마무리 지어졌나? 잘됐네. 그럼 테오란트의 자식들은?"

"그 아이들은 제 후계자로 공표했습니다. 전 딸만 둘이라 별 문제 없이 진행됐습니다."

테오란트는 젝센가드와 달리 무슨 잘못을 저질러 쫓겨난 것이 아니다. 어디까지나 대외적으론 '불운한 사고'로 명을 달리한 셈이다.

당연히 그 아이들에겐 여전히 왕위 계승권이 있다.

"그럼 그대로 계속 후계자로 인정할 셈이야?"

시한의 질문에 에란트가 헛웃음을 흘렸다.

"왕가의 일이란 게 비정한 것이라지만, 전 딱히 조카들을 해코지할 생각은 없습니다. 아니, 우리 집안이 언제부터 왕족이었다고 제가 그런 짓을 합니까?"

불과 십여 년 전만 해도 테오란트나 에란트나 밑바닥 전전하며 숨어 살던 처지였다.

문득 에란트가 근심하며 물었다.

"아, 혹시 시한 님께선 다른 뜻을 가지고 계신 건지?"

일의 성격상 그는 시한에게 미리 묻지 않고 모든 일 처리를 해왔다. 성시한의 정체를 숨겨야 하는데 일일이 그를 찾아가 의향을 물을 수는 없는 것이다.

"후환을 생각하면 그 아이들도 처리하는 것이 맞긴 합니다만, 그래도 이제 고작 8살짜리 어린아이인데……."

"아니, 잘했어. 애들에겐 죄가 없지. 혹시 나중에 뭔 짓 하려나 싶어서 물어본 것뿐이야."

성시한이 손을 저었다. 안심한 얼굴로 에란트가 웃었다.

"시한 님이라면 그리 생각하실 거라 여겼습니다."

"그런데 여전히 테오란트 왕국이네? 란시드 왕국이 아니라. 젝센가드 아들 쪽은 아예 나라 이름도 바꿔 버리던데."

"젝센가드와 달리 형님은 딱히 욕먹는 왕은 아니었으니까요."

차라리 젝센가드가 낫다 싶을 정도로 현재의 테오란트에게 실망한 성시한이었다. 하지만 아무리 그래도 국왕으로선 테오란트가 훨씬 나았던 것이다.

사치나 향락에 빠져 있지도 않았고, 세금 역시 과하게 거둔 적은 있어도 그때마다 명분을 댔다. 백랑기사단을 중용하는 등 통치상의 문제가 많긴 했지만 젝센가드와 비교될 수준은 아니다.

성군이라고 할 정도는 아니지만 암군이라 할 정도도 아니었달까?

"사실은 욕도 많이 먹긴 했습니다만, 우리나라 바로 밑에 젝센가드라는 걸출한 폭군이 있는 덕분에 백성들의 불만이 상대적으로 적었지요."

씁쓸해하는 에란트의 말에 시한이 실소했다.

"그러니까 더 못사는 나라 보면서, 이 정도면 살 만하지 않느냐고 여긴다 이건가?"

"백성들 심리가 원래 그런 법이죠. 알고 보면 똑같이 대륙 최하위를 달리고 있는데."

"뭐, 그거야 새 국왕 폐하께서 잘 처리하실 일이지."

허리를 펴면서 성시한은 적당히 몸을 풀었다. 그간 있었던 일이 꽤 많아 일일이 보고받고 있자니 시간이 제법 흘렀다.

"아, 그런데 나한테 계속 존댓말 쓸 거야? 이제 일국의 국왕님이신데?"

잠시 에란트가 눈을 동그랗게 떴다. 웬 생뚱맞은 소릴 하냐는 듯한 얼굴이었다.

"이계구원자에게 감히 막말할 배짱은 없습니다만?"

여전히 성시한은 과거 자신의 위치가 어느 정도였는지 감을 못 잡고 있는 것 같았다. 에란트는 어깨를 으쓱이며 웃었다.

"대신 용병왕 바락의 후계자, 션 스테인 군에겐 마구 막말하잖습니까?"

현재 창천기사단과 알리타, 제논은 에란트의 저택에 몸을 숨기고 있었다. 하지만 성시한은 션 스테인의 신분으로 왕궁에서 머무는 중이었다.

말루프나 백경기사단에 대한 억제력으로 작용하기 위해서였다. 혹시 저들 중 누군가가 진실을 토설할 가능성도 있는 것이다. 사미드와 함께 테오란트의 제자였던 란펠이 예상치 못한 움직임을 보일지도 모르니, 만일을 대비해 에란트를 보호할 필요도 있었다.

다행히 아무 일 없이 넘어갔지만.

"하긴, 현 상황에서 하이어 란펠이 당신을 적대할 이유도 없잖아?"

"그렇긴 하지요."

성시한이 자리에서 일어났다. 모든 상황이 깨끗하게 마무리 지어졌다.

"그럼 전부 끝났군."

더 이상 테오란트 왕국에 용건은 없다. 집으로 돌아갈 시간이었다.

"…생각해 보니까 웃기네. 언제부터 켈테론 저택이 내 집이 된 거지?"

＊　　　　＊　　　　＊

성시한과 알리타, 제논은 테오란트 왕국을 떠나 라텐베르크 왕국으로 돌아갔다. 우드로우와 비렛타를 비롯한 창천기사단 역시 그 뒤를 따랐다.

딱히 창천기사단의 수배가 풀린 것은 아니었다. 아무리 에란트가 창천기사단에 호의를 지니고 있다곤 해도 테오란트가 죽고 나서 바로 창천기사단의 수배를 풀어버리면 불필요한 의심을 사게 되는 것이다. 그래서 시한 일행은 남몰래 국경을 넘어야 했다.

뭐, 별로 어렵지는 않았다.

원래부터 창천기사단은 마음만 먹으면 언제든지 테오란트 왕국을 빠져나올 정도의 조직망을 구축하고 있었다.

이제껏 테오란트 왕국에서 쫓기며 숨어 살았던 것은 죽어간 동료들의 원한을 풀 기회를 잡기 위해서였지, 달아날 방법이 없어서가 아니다.

보름 동안 눈 덮인 관도를 지나, 마침내 시한 일행은 라텐베르크 왕국 수도 라텐셀에 도착했다.

저택에서 그의 귀환을 기다리고 있던 켈테론이 맨발로 뛰어나와 그를 환영했다.

"수고하셨습니다, 시한 님! 다행히 아무 일 없으셨군요."

"돌아왔어, 켈테론."

저택에 짐을 풀며 시한은 켈테론의 맨발을 힐끔거렸다. 그리고 실소를 흘렸다.

"너무 작위적인 거 아냐? 아무리 그래도 양말은 신지?"

'아아~ 성시한 님의 무사 귀환이 너무나 반갑고 기뻐서 신발은 물론이고 양말조차 신을 겨를이 없었습니다! 제 뜨거운 충정을 알아주소서!'라는 연출이 노골적으로 드러나는 광경이었다.

머쓱해하며 켈테론이 잽싸게 양말을 신고, 신발을 신었다.

"습관을 버리기가 쉽지가 않아서 말이죠, 에헤헤."

우드로우와 비렛타 역시 십여 년 만에 켈테론과 다시 만났다. 과거의 일개 병졸과 이계구원자의 오른팔로 명성을 떨치던 이들의 재회였다.

어색해하며 우드로우가 악수를 건넸다.

"간만이군, 켈테론."

그의 기억 속 켈테론은 비굴하고 무능력한, 웃긴 별명을 가진 잡졸일 뿐이었다. 그런 이가 무려 일국의 재상님 씩이나 되어 눈앞에 나타나니 어찌 대해야 할지 모르겠다.

반면 켈테론은 태연했다. 자연스러운 태도로 우드로우의 손을 맞잡는다.

"십 년 만이군요, 하이어 우드로우."

인사를 마치자마자 켈테론이 품에서 서류 하나를 꺼내 성시한에게 건넸다.

"명하셨던 일, 마무리 지었습니다."

이젠 켈테론도 꼬박꼬박 성시한에게 중간보고를 올리고 있었다. 전처럼 멋대로 판단해 알아서 움직이는 일은 없다.

시한이 서류를 훑어보며 고개를 끄덕였다.

"수고했어, 켈테론."

우드로우와 비렛타가 어깨너머로 서류를 살폈다. 우드로우가 물었다.

"이게 뭡니까?"

서류를 보여주며 성시한이 빙그레 웃었다.

"창천기사단의 새 직장."

테오란트에 의해 숙청되었던 창천기사단. 그들은 이후 뿔뿔이 흩어져 대륙 곳곳에서 각자의 삶을 살아가고 있었다.

과거의 영웅들이 본 실력에 걸맞은 대접을 받지 못하는 걸

본 라텐베르크의 켈테론 재상은 그 사실을 안타까워해 남몰래 저들과 접촉했고, 결국 켈테론의 진심에 감동한 창천기사단은 그의 휘하에서 다시 한 번 기사로 살아가기로 결심했다…….

"…라는 시나리오지."

즉, 오늘부로 창천기사단은 켈테론 기사단이 된 것이다.

우드로우와 비렛타가 어이없어 하며 켈테론을 돌아보았다.

"이게 무슨 소리지?"

"켈테론 기사단이라니?"

켈테론 휘하의 기사들은 그 특유의 개성으로 인해 테오란트 왕국에도 제법 명성이 있었다. 그러니까, 실력은 없고 돈만 밝히는 잡병들만 모인 삼류 기사로.

켈테론의 평판이 워낙 안 좋다 보니 제대로 된 소드하이어라면 절대 그의 휘하로 들어가지 않는 것이다.

실제로 시한 일행을 제외하면 현 켈테론 휘하 기사의 최강자는 고작 종자급 소드하이어다. 경지로만 보면 디나랑 별 차이 없는 수준이다.

"우리보고 당신의 기사가 되라고?"

"창천기사단을 무시하는 건가, 켈테론?"

우드로우와 비렛타의 눈빛에 살기마저 어렸다.

한때 대륙 최강으로까지 불리던 창천기사단이었다. 그런 자신들이 모두의 경멸을 받는 켈테론의 기사가 되어야 한단 말인가?

두 사람의 살기를 마주하고도 켈테론은 태연했다.

믿는 게 있었으니까. 호랑이가 바로 뒤에 있는데 겁먹을 여우는 없다.

"불만입니까? 그럼 켈테론 기사단 단장님께 따지시든가요."

성시한이 오른손을 슥 들었다.

"아, 내가 켈테론 기사단 단장."

우드로우와 비렛타의 말문이 막혔다. 도로 서류를 받아들며 켈테론이 투덜거렸다.

"내가 이거 처리하려고 얼마나 고심했는지 압니까? 시한 님이야 천변기가 있으니 얼마든지 정체를 숨기실 수 있지만 창천기사단은 그게 안 되잖아요? 다들 얼굴을 좀 팔았어야지? 라텐셀에도 창천기사단을 알아볼 사람이 수두룩한데."

과거 혁명전쟁 시절의 전우들이 라텐베르크 왕국의 고위층에도 포진되어 있으니, 창천기사단의 정체를 숨기는 것은 불가능하다. 창천기사단은 과거의 신분 그대로 켈테론의 휘하로가야 하는 것이다.

우드로우와 비렛타가 고개를 끄덕였다.

"그렇군."

"이해할 수 있는 일이네."

그래도 여전히 켈테론이 자신들의 '윗사람'이란 사실이 적응하기 힘든 모양이었다. 속으로 혀를 차며 켈테론이 말을 이었다.

"그러니 앞으론 두 분도 제겐 일국의 재상을 대하는 예의를 갖춰주시길 바랍니다. 그쪽이 시한 님께도 폐가 되지 않을 테니까요."

딱히 우드로우나 비렛타를 무시할 생각은 없다. 산전수전 다 겪은 창천기사단을 무시할 정도로 켈테론은 배짱 좋은 인간이 아니다.

하지만 두 사람에게 무시당할 생각도 없었다.

이제 일국의 재상이 된 켈테론이었다. 신분이나 지위로 봐도 절대 무시당할 이유가 없다. 게다가 나이도 켈테론이 더 위다.

"물론 제가 두 분을 하대할 일도 없을 겁니다. 두 분의 과거의 명성을 생각하면 제가 그 정도의 예의를 차린다고 사람들이 이상하게 보진 않을 테니까요."

우드로우와 비렛타도 납득했다.

하긴, 생각해 보니 불만을 가질 이유가 없었다. 어차피 눈 가리고 아웅이고, 성시한이 정체를 숨기는 동안만 신분을 위장할 뿐이었다. 그리고 성시한이 인정한다면, 자신들도 켈테론을 인정할 수 있었다.

"알겠습니다, 켈테론 공."

"잘 부탁드립니다."

그렇게 창천기사단은 별 충돌 없이 켈테론을 받아들였다. 그리고 왕도 라텐셀에 새로운 보금자리를 꾸리게 되었다.

켈테론의 일 처리에 만족스러워하며 성시한은 다음 문제로 넘어갔다.

"그나저나, 슬슬 소문이 퍼지겠지?"

테오란트를 상대했던 일에 대한 언급이었다.

젝센가드나 카렌 이나시우스를 상대할 때와 달리 이번엔 많은 이들 앞에서 정체를 노출한 성시한이다. 이계구원자가 테라노어로 귀환했다는 사실을 적어도 수십 명이 알게 되었다.

"일단 백경기사단의 입은 막아뒀지만 역시 다른 친구들의 귀에도 들어가겠지……."

솔직히 시한은 비밀이 지켜질 거란 기대는 별로 하지 않았다.

백경기사단원들 전원이 비밀을 지킨다?

물론 지킬 것이다. 그들은 명예를 아는 기사들이니까 절대 비밀을 발설하지 않을 것이다.

대신 이렇게 하겠지.

'진짜 중요한 일인데, 너한테만 알려주는 거야. 너만 알고 있어.'

본인은 비밀을 지킨다고 생각하겠지만, 저 대사 몇 번만 반복되면 비밀이 사방으로 퍼지는 건 순식간이다.

그런데 의외로 켈테론이 고개를 저었다.

"당분간은 괜찮을걸요?"

발 없는 말이 천 리 간다는 속담이 있다. 소문의 전파력이 얼마나 무서운지를 비유한 속담이다. 하지만 저 속담에, '발 없는 말'이 천 리 가는 데 얼마나 시간이 걸리는지는 배제되어 있는 것이다.

"국가에서 정책을 하나 공식적으로 공표하고 퍼뜨리려 노력해도 며칠 몇 달씩 걸립니다. 소문을 막을 수야 없겠지만 그렇다고 하루아침에 퍼지지도 않지요. 물론 사안이 사안이니만큼 꽤 빠르게 전파되기야 하겠습니다만……."

테라노어의 교통, 통신 수준에서 저 소문이 대륙 전역에 퍼지려면 몇 달은 걸릴 것이라는 게 켈테론의 설명이었다.

성시한이 눈을 빛냈다.

"그 전에 레비나를 처리해야겠네. 팔로스 왕국 쪽은?"

"노력 중입니다만, 아직 시간이……."

팔로스 왕국의 정보 자체야 꾸준히 수집하고 있었지만, 레비나에게 은밀히 접근할 방법을 찾으려면 시간이 더 필요하다.

송구스러워하는 켈테론을 향해 성시한은 고개를 끄덕였다.

그의 귀환을 숨길 수 있다면 아직 시간적 여유는 있었다.

"급할 건 없다. 차분히 진행해 줘."

"예, 시한 님."

과거 켈테론 밑엔 고작해야 종자급 소드하이어 몇 명만이 기사로 일하고 있었다. 기사단이라 할 정도로 그 수가 많지도 않았다.

하지만 새롭게 창설된 '켈테론 기사단'의 위용은 과거와는 감히 비교도 되지 않았다.

일단 용병왕 바락의 제자이자 달인급 소드하이어인 션 스테인이 단장으로 있고, 마찬가지로 달인급 소드하이어인 우드로우와 제논이 있었으며, 비렛타며 알리타를 위시한 기사급 소드하이어도 삼십여 명이나 된다.

성시한의 정체를 제외하고서라도, 국왕 직속의 흑사자 기사단과 필적하는 수준의 전력이었다. 숫자는 적지만 달인급이 세 명이나 있고, 또 베테랑만 모인 창천기사단의 특성상 평균 전력이 월등히 높았으니까.

흑사자 기사단장인 하이어 줄데란의 실력이 비렛타보다도 아래고, 부단장인 리블은 일반 창천기사단보다 딱히 나을 게 없는 수준이다.

그래서 시한은 걱정했다.

"이래도 괜찮은 거야, 켈테론? 아인츠 국왕이 뭐라 할 거 같은데."

신설된 켈테론 기사단은 켈테론 자신의 사병(私兵)들이다. 일국의 실권자가 개인적인 병력을 갑작스레 키웠으니 국왕의 입장에서 좋게 보일 리가 없었다.

켈테론은 빙그레 웃었다.

"그래서 일부러 그동안 제 사병을 전혀 안 늘린 겁니다, 시한 님."

구국의 영웅(?)이 된 후 간신배였던 켈테론의 평판도 상당히 좋아졌다. 사실 마음만 먹으면 어지간한 수준의 기사단은 휘하에 둘 수도 있었을 것이다.

하지만 켈테론은 그동안 일부러 직속 기사단을 만들지 않았다.

"어쩌면 시한 님께서 옛 부하들을 데리고 오실지도 모른다고 생각했거든요."

성시한이 과거의 인연을 다시 만날지 말지는 물론 그도 모른다.

"그래서 그냥 부하들을 거둘지도 모른다는 전제하에 일을 진행했습니다."

예전에도 말했지만, 없는 자리 만드는 건 어려워도 있는 자리 빼는 건 쉬우니까.

"아, 이것도 미리 말씀드렸어야 했는데……."

"됐어, 사람 습관이 하루아침에 바뀌는 것도 아니고."

하여튼, 저런 이유로 아인츠 1세는 예전부터 켈테론에게 일국의 재상에게 걸맞은 수준의 사병 정도는 운용하라고 권해 왔었다.

"덕분에 창천기사단을 거두어도 아인츠 폐하께선 별말 않으셨지요. 폐하 본인께서 권하던 사항이었으니까요."

켈테론은 말하다 말고 문득 쓴웃음을 지었다.

"물론 속으로는 꽤 신경 쓰고 있겠습니다만……."

평소 내뱉은 말이 있어 아인츠 1세는 켈테론 기사단의 창설을 호쾌히 받아들였다. 하지만 속내는 좀 다를 것이다.

하루아침에 신하의 병력이 국왕인 자신과 맞먹게 되었는데 속이 편할 리 있나? 심지어 오랜 기간 신뢰한 심복도 아니고 예전에는 간신배라며 경멸하던 상대였다.

지금이야 상황이 상황이다 보니 중용하고 있지만 완전히 신뢰하고 있을 리가 없지.

"그래서 저도 나름 변명을 준비해 놓았지요."

현재 라텐베르크 왕국의 전력은 쿠데타로 인해 상당히 약화되었다. 그러니 전력 보강이 시급하다. 그리고 창천기사단이라면 단숨에 라텐베르크 왕국의 전력을 젝센가드 통치 시절 이상으로 끌어올릴 수 있다.

그러나 창천기사단은 과거 이계구원자의 심복으로 자존심이 드높은 자들, 젝센가드의 아들인 아인츠 1세에게 충성 서약을 하게 만들긴 어렵다. 최소 '혁명전쟁의 전우'인 켈테론 정도는 되어야 그들의 비위를 맞춰줄 수 있다.

또한 창천기사단은 비록 많이 퇴색되긴 했어도 한때 대륙 최강이란 명성을 지녔을 정도로 강력한 무력 집단이다. 그 정도의 전력이 갑자기 라텐베르크 왕국에 흡수되면 다른 나라도 당연히 경계하게 된다.

하지만 켈테론의 사병으로 흡수된다면 자연스레 국왕과 재상의 세력 싸움으로 보이게 되니 타국의 경계심도 상대적으로 낮아질 것이다.

켈테론 자신이 아인츠 1세의 충실한 신하이니만큼, 결국 그들도 종국에는 국왕의 기사나 다름이 없다. 이 나라와 국왕 폐하를 위한 최선의 선택이었다!

"…라고 폐하께 설명을 드렸지요."

싱글거리는 켈테론을 향해 성시한이 눈을 흘겼다.

"그 말이 먹혀?"

"일단 틀린 말은 아니니까요. 정황상 이쪽이 이득이란 건 아인츠 폐하께서도 잘 알고 계십니다."

젝센가드와 달리 아인츠 1세는 현명하고 정치적 감각도 좋은 편이었다. 아무리 찜찜해도 당장 켈테론을 견제하려 할 리는 없었다.

"당장이야 그렇다 치고, 그럼 시간이 지난 후엔 어쩌려고?"

아무 문제 없다는 듯 켈테론이 어깨를 으쓱였다.

"그때쯤엔 켈테론 기사단 단장님의 진정한 정체가 대륙에 알려진 후일 텐데요, 뭘."

"아, 그렇게 되나?"

성시한의 정체가 드러나면 켈테론 기사단도 더 이상 켈테론의 사병이 아니라 이계구원자 직속의 창천기사단으로 돌아간다.

그럼 아인츠가 신경 쓸 대상도 켈테론이 아니라 성시한이 되는데…….

"신하로서 불경한 말이긴 하겠습니다만, 그 상황에서 폐하가 뭘 어쩌겠습니까? 그냥 그러려니 하셔야지."

"진짜 불경한 말이긴 하군, 그거."

키득거리며 시한이 화제를 돌렸다.

"그나저나 테오란트의 죽음에 대해 다른 나라들은 어떻게 반응하고 있지?"

*　　　*　　　*

테오란트의 죽음과 새로운 왕, 에란트 1세의 즉위 소식은 이내 대륙 전역에 퍼졌다.

사람들은 놀랐다. 젝센가드가 폐위 및 실종(대다수는 죽었다고 여기고 있었지만)된 지 몇 달 되지도 않았는데, 또 한 명의 혁명 영웅이 세상을 떠난 것이다.

하지만 저 두 사건이 뭔가 연관이 있을 거라고 생각하는 사람은 별로 없었다.

젝센가드야 워낙 통치가 엉망이었으니 누가 봐도 쿠데타가 일어날 법했다. 테오란트처럼 무신기의 폭주로 목숨을 잃는 경우 역시 테라노어 역사상 처음은 아니었다.

두 사건이 너무 짧은 기간에 일어났다는 점을 제외하면 딱히 연관시킬 만한 구석이 없는 것이다.

그리고 저 정도 우연은 원래 인생 살다 보면 의외로 흔한 법이다.

"카렌 이나시우스의 일까지 알려졌다면 이야기가 다르겠지만 말입죠."

세 번이면 의심하겠지만 두 번 정도로는 별로 이상하게 여길 리가 없다는 것이 켈테론의 견해였다.

"그런 면에서 역시 시한 님의 일 처리는 대단하십니다. 젝센가드처럼 테오란트도 실종 처리되어 그냥 사라져 버렸다면 분명 사람들도 의심했을 텐데요."

확실하게 테오란트의 시체가 남고, 또 사인이 명확한 덕분에 두 사건은 전혀 별개가 되었다.

시한은 머쓱해했다.

"음, 그런 것까지 생각하진 않았는데……."

어찌 되었건 결과적으로 일이 잘 풀린 것은 사실이었다. 덕분에 성시한의 정체가 드러나기까지 좀 더 시간적 여유가 생겼다.

그 틈에 켈테론은 바쁘게 움직였다.

일단 테오란트 왕국의 새 국왕, 에란트 1세에게 사신을 보냈다. 그리고 은밀하게 국가 간 동맹을 체결했다.

릴스타인이나 사파란, 팔로스 왕국을 대비해 상호 보호 조약을 맺은 것이다. 이로써 라텐베르크 왕국은 군사적, 경제적으로 테오란트 왕국과 밀접한 관계가 되었다.

"예전 같았으면 서로 의중을 파악하느라 이렇게 편하게 일이 진행되지 않았겠지만……."

진행 사항을 살피며 켈테론은 흐뭇해했다.

"시한 님이 계시니 일 처리가 빨라서 좋더군요."

성시한의 존재를 아는 에란트 1세 입장에선 라텐베르크 왕국, 정확히는 켈테론의 의중을 살필 이유가 없는 것이다. 충분히 신뢰하고 일을 진행할 수 있다.

같은 이유로 켈테론은 이나시우스 교국과도 군사동맹을 진행 중이었다.

"아직 카렌 이나시우스가 교국의 여왕일 때 빨리 처리해 둬야죠."

슬슬 한 해가 저물고 있다. 이제 곧 새해가 올 것이고, 그럼 1년 중 만월의 빛이 가장 강해지는 실버 문 찬미제가 다가온다.

모든 힘을 잃은 카렌 이나시우스는 더 이상 실버 문 찬미제에서 제 역할을 할 수 없으니, 그녀의 여왕으로서의 임기도 이제 얼마 남지 않았다.

지금이야 카렌이 성시한에게 적극적으로 협조하고 있으니 일이 편하게 진행되지만 새 교황이 옹립되고 나면 상황이 바뀌겠지.

"솔직한 심정으론 그냥 그녀가 계속 여왕 노릇 했으면 좋겠습니다만……."

켈테론의 푸념에 성시한도 동감인 듯 인상을 구겼다.

"그러게, 어째 상황이 이렇게 돌아가네?"

만약 카렌 이나시우스가 건재했다면 그녀의 영향력으로 팔로스 왕국의 움직임을 유도할 수 있었을 것이고, 레비나를 끌어내기도 훨씬 편했을 것이다. 배신의 대가를 치르게 한 것까진 좋은데 그러고 나니 성시한 본인이 불편해졌다.

뭔가 깨달은 듯 시한이 중얼거렸다.

"아, 이래서 사람들이 진심으로 사죄하는 상대는 용서하기도 하고 그러는 건가? 나중에 써먹어야 되니까?"

"아니, 그런 계산적인 이유는 아닐 거라고 봅니다만……."

켈테론은 황당해하며 시한을 흘겨보았다. 물론 아주 잠시. 혹시 성시한이 화를 내기라도 하면 무서우니까.

잽싸게 표정을 고치며 켈테론이 물었다.

"혹시 그녀가 다시 힘을 되찾을 가능성은 없는 겁니까, 시한 님?"

현재 카렌 이나시우스는 존재치 않는 심장을 자신의 신성력으로 대체해 목숨을 부지하고 있다. 그 덕에 과거 쌓았던 그 방대한 신성력도 다 사라져 버렸다.

그러니 다른 고위 프린이 치유술로 대신 카렌의 심장을 복구시키면 그녀도 힘을 되찾을 수 있지 않겠냐는 게 켈테론의 질문이었다.

"그럴 가능성은 절대 없어."

성시한은 단호하게 고개를 저었다.

"그럴 수 있다면 애초에 대가를 치렀다고 인정하지도 않았겠지."

카렌 이나시우스와 다른 고위 프린의 신성 치유술은 궤가 전혀 달랐다.

일반적인 고위 프린의 능력이 '치유'라면 그녀의 능력은 '재생'이었다. 프린뿐 아니라 프레이어의 힘 역시 지니고 있기에 가능한 일이었다.

잘린 팔의 단면을 아물게 하고 합병증 없이 사람을 살리는 건 고위 프린들도 가능하다. 하지만 '존재하지 않는 잘린 팔'을 도로 돋아나게 만드는 건 오직 카렌에게만 허용된 기적인 것이다.

"심장의 일부가 손상된 정도라면 다른 프린의 치유술로도 고칠 가능성이 있었겠지. 하지만 지금 카렌은 아예 심장 자체가 없잖아? 심지어 카렌 본인조차도 심장의 자가 재생까진 불가능해 신성력 구현으로 대신하고 있는 판인데."

물론 치료할 방법이 아주 없는 것은 아니었다.

카렌처럼 프린과 프레이어의 힘을 동시에 지니고, 카렌에 필적하는 방대한 신성력을 가진 이가, 혁명전쟁을 통해 무수한 경험을 겪은 카렌과 비슷한 수준의 신성술 운용 능력까지 보유하고 있다면……

"그때는 치료가 가능할 수도 있겠지."

쉽게 말해서, 멀쩡한 카렌이 있으면 카렌을 멀쩡하게 만들 수 있단 소리.

"절대 불가능하다는 말씀이군요."

아쉬워하는 켈테론을 뒤로한 채 시한은 계속 일의 진행 상황을 살펴보았다.

국가 간 세력을 조율하고 정보를 입수하며 자금을 마련하는 모든 부분이 실로 만족스러웠다. 틀림없이 켈테론은 성시한의 복수를 돕기 위해 최선을 다하고 있었다.

그 속에 사심(私心)이 없다곤 차마 못 하겠지만.

"그 와중에 챙길 건 착실히 챙기셨구만? 이 르말트 상단 독점 교역권은 뭐야?"

르말트 상단은 켈테론이 지인을 통해 경영하고 있는 개인 상단이었다. 국가 정책을 추진하며 사이사이에 개인의 실리 또한 챙기고 있는 것이다.

성시한이라는 강력한 호랑이가 등 뒤에 있으니, 여우로서 건져 먹을 것이 무궁무진하다.

손바닥을 비비며 켈테론이 비굴하게 웃었다.

"오로지 시한 님을 잘 보좌하기 위함입니다요. 시한 님이 직접 이런 잡무에 손을 대시면 체면이 떨어지시지요. 자고로 호랑이 있는 숲엔 여우가 매니저인 법 아니겠습니까?"

"…저게 그런 의미였던가?"

어째 말이 되는 것 같기도 하고, 아닌 것 같기도 하고.

"호가호위가 저렇게 좋은 뜻을 가진 속담은 아닌 것 같은데."

하지만 켈테론의 말도 틀린 건 아니었다.

일국의 국왕이 된 옛 친구들을 상대하는 일이다. 자금도 필요하고 세력도 필요하고 정보도 필요하다. 그렇다고 성시한이 직접 사람들을 상대하려 하면 아무래도 이계구원자의 명성을 갉아먹게 된다. 불필요한 시간 낭비이기도 하고.

켈테론이 앞장서서 자금과 세력과 정보를 모아주었기에 혈혈단신인 성시한도 지금껏 별 문제 없이 일을 진행할 수 있었다.

"여우가 호랑이 속여서 숲의 왕 노릇 해봐야, 발각되면 잡아먹히기밖에 더 하겠습니까? 차라리 숲의 동물들과 호랑이 사이를 조율하며 중간 통로 역할을 하는 게 낫죠."

거참, 호가호위 한번 철학적으로도 한다.

성시한은 고개를 절레절레 저었다.

"그럴듯하게 들린다는 점은 부인할 수가 없군."

어쨌거나 도리에서 벗어날 정도는 아니고, 나름 켈테론 딴엔 시한 눈치를 보며 욕 안 먹는 수준에서 머무르곤 있으니 굳이 탓할 일은 아니었다.

"그럼 난 이만 갈게, 켈테론."

켈테론이 넙죽 고개를 숙였다.

"그럼 전 계속 일을 진행하겠습니다요."

성시한이 쾌적하고 안락한 복수를 행할 수 있도록 최대한 상황을 맞춰 놓는 것.

그리고 그 와중에 떨어지는 콩고물을 알뜰살뜰 챙기는 것.

이것이 지금 켈테론의 지상 과제였다.

                    *   *   *

켈테론의 예상대로 세상 사람들은 테오란트의 죽음에 대해
별 의문을 가지지 않았다.

하지만 각국의 지배자쯤 되면 이야기가 달라진다.

정말 우연일지라도, 숨겨진 음모가 있을지도 모른다고 의심
하는 것이 권력자의 생리다. 이 짧은 기간에 일국의 왕이 차
례대로 변을 당했다면 충분히 의심할 만한 사건인 것이다.

하지만 그 의심이 '돌아온 이계구원자'에 대한 것은 아니었
다.

테오란트의 사망 소식을 듣자마자 사파란은 바로 옛 동료들
부터 의심했다.

"혹시 릴스타인 짓인가? 아니면 레비나?"

카렌 이나시우스는 그리 권력욕이 크지 않다. 특유의 강한
책임감 때문에 달의 교단과 이나시우스 교국을 위해선 한없
이 냉혹해지곤 하지만, 기본적으로 선제공격을 하거나 음모를
꾸밀 가능성은 적다.

반면 릴스타인과 레비나라면 충분히 이런 짓을 저지를 법
하다.

'그런데 어느 쪽인지 모르겠군. 아니, 정말 우연일 가능성도

있긴 하지만.'

릴스타인도 마찬가지였다. 같은 이유로 카렌 이나시우스는 의심하지 않았다.

그리고 사파란 역시 범인에서 제외되었다.

딱히 그가 레비나에 비해 공명정대하고 정의로운 성품이라서는 아니었다. 솔직히 말해 음험하기는 둘 다 거기서 거기다.

'하지만 사파란이라면 굳이 젝센가드부터 손대진 않았겠지.'

예전부터 사파란은 젝센가드와 친했고, 또 뒤에서 은근슬쩍 젝센가드를 조종하고 있었다. 굳이 제일 먼저 처리할 필요가 없는 것이다.

처리해도 제일 마지막에, 끝까지 이용해 먹고 토사구팽하는 쪽이 훨씬 사파란답다.

"그럼 역시 레비나 짓인가?"

우연이건 아니건, 확인은 해봐야 할 일이었다.

그래서 릴스타인도 사파란도 휘하 첩보부를 움직였다. 서로 첩자를 보내 각국의 정세를 살피고 테오란트의 죽음에 대해서도 진위를 파악하도록 지시했다.

반면 레비나는 좀 달랐다.

*　　　　*　　　　*

테라노어에서 가장 웅장하진 않지만, 틀림없이 가장 아름다울 것이라고 칭송받는 팔로스 왕국의 왕성, 데 아칸트리아(Dhe Aacantria).

그 화려한 테라스에 몸을 기댄 채 한 은발의 미녀가 도시를 내려다보고 있었다.

"젝센가드에 이어 테오란트도 죽었다고?"

혼잣말을 내뱉으며 레비나는 입술을 삐죽였다.

"점점 더 수상해지잖아?"

자신의 지식에 대한 믿음이 확고한 릴스타인이나 사파란과 달리, 그녀는 여전히 다른 가능성을 염두에 두고 있었다.

'정말 시한이 돌아왔다면 딱 벌어질 법한 상황인데, 이거.'

첩보부를 움직여 정보를 파악하는 부분은 릴스타인, 사파란과 같았지만 레비나는 거기에 하나를 더했다.

"왕성 경계를 전시 체제로 전환하고, 퀸즈 나이츠를 전원 왕도로 소환하도록!"

여왕의 이름으로 퀸즈 나이츠를 전부 왕성으로 모으는 한편, 왕성 경계를 철저히 하고 미리 정해져 있던 국내 시찰 일정도 모조리 취소했다.

"단순히 기분 탓일 뿐이었다 해도 신중해서 손해 볼 건 없지."

사실 손해 볼 건 많다.

왕성 경계가 전시 체제로 전환되었으니 병사들의 고생도 가중되었고, 왕국 각지에서 갑자기 소환당한 퀸즈 나이츠의 부담도 크다. 갑작스런 전시 체제 전환으로 인해 예산 역시 구멍이 생겼다.

일국의 지배자쯤 되면 판단 하나하나에 많은 이들이 딸려 움직이는 것이다.

하지만 레비나는 신경 쓰지 않았다. 그녀 입장에선 정말로 손해 볼 게 없거든.

"내가 고생하는 것도 아니고, 예산이야 세금을 더 거두면 그만이고."

반면 레비나의 감이 정말 옳았다면 이 준비는 큰 효과를 볼 수 있다. 정말 시한이 돌아왔다면 엄중히 경계하고 있는 그녀를 다음 목표로 삼기보단 상대적으로 허술한 다른 혁명 6영웅을 노릴 테니까.

"다음 목표라……. 내가 아니라면 누가 될까? 카렌? 사파란? 아니면 가장 배신감이 클 릴스타인?"

잠깐 머리를 굴리다 레비나가 이내 답을 내놓았다.

"카렌이겠네."

릴스타인과 사파란은 마기언인 만큼 성시한 입장에서 상대적으로 유리하다. 그러니 굳이 먼저 처리하려고 하지 않을 것이다.

'그 전에 다른 친구들부터 처리해 놓아야 합공당하는 걸 피할 수 있을 테니까.'

문득 레비나는 피식 웃었다. 생각해 보니 너무 과민 반응이란 생각도 들었다.

성시한이 정말 돌아왔는지 아닌지는 모른다. 솔직히 말하면 그냥 우연일 가능성이 훨씬 높다. 별것도 아닌 일에 쓸데없는 돈과 시간을 허비하는 것일 수도 있다.

하지만 그녀는 과거 테오란트의 입버릇을 기억하고 있었다.

'하나는 개성이고, 둘은 우연이지만, 셋이면 필연이라지?'

도시를 내려다보는 레비나의 눈빛이 차분히 가라앉았다.

"만약 카렌에게도 무슨 일이 생긴다면……."

시야에 비치는 모든 것이 그녀의 것이었다. 인세의 밑바닥을 전전하고, 목숨을 걸고, 치열하게 싸우고, 사랑마저 배신해 가면서 간신히 손에 넣은 풍경이었다.

"…그래, 정말로 시한이 테라노어로 돌아왔다는 증거가 되겠지."

*　　　*　　　*

구창천기사단, 이제는 켈테론 기사단이 된 이들은 왕도 라텐셀 외곽에 마련된 기사단 본부로 자리를 옮겼다.

기사단 본부는 크고 화려했다.

전원 개인 숙소가 준비되었고 전문 요리사가 따로 마련되었으며 허드렛일 하는 시종들도 스무 명 가까이 배치, 연무장도 다섯 개나 있는 데다 뒷산 전체를 기사단 전용으로 빼놓아 외부 훈련을 하기에도 편했다.

단원들은 그저 수행만 하면 되는, 실로 최상의 조건이었다.

모두 켈테론 후작의 전폭적인 지원에 의한 것이었다.

'시한 님이 일 다 마치고 혹시 지구로 돌아가실 수도 있잖아? 인맥 관리는 중요한 법이지, 후후후.'

혹여 시한이 한국으로 돌아간다면 그땐 창천기사단도 새로운 후원자를 찾게 될 터였다. 자고로 팔은 안으로 굽는 법. 그렇다면 이미 친하게 지내는 켈테론이 1순위가 될 것이니 결코 저들을 섭섭하게 대하면 안 되는 것이다.

모든 면에서 비용을 아끼지 않았다.

물론 그만큼 켈테론의 재산이 상당히 축났지만 어차피 축난 만큼 도로 채우고 있어 별문제는 없었다.

'시한 님 덕분에 벌어들인 재산인데, 아껴봐야 괜히 의심만 사지.'

무릇 간신배에게 있어 제일 중요한 미덕은 적당함이다.

적당히 해먹고, 적당히 베풀고, 적당히 위협 요소가 되지 않으며, 적당히 무시당하지도 않아야 오래오래 안락하게 정계에서 버틸 수 있는 것이다.

일종의 중용지도(中庸之道)랄까?

어쩌다 공자님의 말씀이 테라노어에 와서 간신배의 인생 격언으로 변질되었는지는 모르겠지만, 하여튼 켈테론은 자신의 오랜 꿈인 잔병장수(?)를 위해 오늘도 열과 성을 다하고 있었다.

왜 무병장수(無病長壽)가 아니냐고?

"세상에 무병장수가 어디 있냐? 그건 너무 비현실적이고."

큰 병 안 걸리고, 골골댈 때마다 약 챙겨먹고 후딱후딱 나으면서 오래오래 호사를 누리며 사는 것, 그것이 켈테론의 평생 목표였다.

*   *   *

신 본부가 완공되고 간략하게나마 창단식마저 마친 뒤 켈테론 기사단은 정식으로 체계를 갖춰갔다.

선 스테인이 단장, 우드로우가 부단장이 되고, 세 부대로 나눠 비렛타와 제논, 알리타가 각각 부대장 직을 맡았다.

제논이야 이제 달인급 소드하이어고 비렛타도 달인급의 벽을 넘보고 있으니 부대장의 지위에 부족함이 없다. 하지만 알리타는 이제 갓 기사급 소드하이어가 된 상태. 실력도 떨어지고 나이조차 어리니 사실은 자격이 없었다.

그래도 알리타의 부대원들 중 그에 불만을 가지는 이는 한 명도 없었다.

일단 자신보다 어린 대장의 지휘를 받는 것에 이미 익숙한 이들이었고(십 년 전에도 십 대 소년 밑에서 싸웠던 창천기사단이다) 또 알리타가 소드하이어로서의 기량은 모자랄지 몰라도 마법의 힘까지 포함하면 절대 무시할 수 없는 것이다.

비록 협공의 결과라고는 해도 무려 혁명 영웅 테오란트의 수제자였던 사미드를 일격에 박살 내버렸다. 적어도 창천기사단원 중 자신이 알리타와 승부를 해 이길 수 있다고 자신하는 이는 없었다.

뭐, 실은 저런 이유 따위 다 필요 없고, 그냥 성시한 옆에 붙어 있다는 이유만으로 다들 인정해 버렸지만.

"와우, 시한 대장이 용케 저런 아가씨를 골랐네?"

"인상 좋더라."

"성격도 좋아."

"저 정도면 레비나보다 훨씬 낫지?"

"내가 참 시한 대장을 존경하긴 하는데 예전 저 인간이 여자 보는 안목이 좋았다곤 차마……."

십 년 전, 새파랗게 어린 놈이 사갈 같은 계집에게 홀려서 결혼하겠다느니 어쩌니 하면서 날뛸 때 얼마나 안타까웠던가?

대놓고 진실을 말할 수도 없어 결혼은 인생의 무덤이니 어쩌니 하면서 돌려 말하긴 했지만 솔직히 상대가 레비나가 아니었다면 그렇게 열심히 말리지도 않았을 것이다.

그렇다고 대놓고 진실을 토설해 버리자니…….

"당시 시한 대장이 착하고 정의롭긴 했는데 철딱서니 면에선 솔직히 그냥 애송이여서……."

"사실대로 말해봤자 믿지도 않았을걸?"

"난 실제로 말한 적도 있어. 설득은 개뿔? 불같이 화내더라."

"그거 달래느라 고생한 거 생각하면, 어휴."

대중들은 영웅의 허상을 숭배하지만 함께하는 부하들은 그 실체를 모를 수가 없다.

이계구원자의 무위에 대해선 절대적인 신뢰와 충성을 바쳤지만 인간 성시한에겐 평범한 십 대 이상의 기대는 하지 않았던 창천기사단이었다.

그런데 이번에는 웬일로 저 철딱서니 없던 인간이 참한 처자를 고른 것이다.

뭐, 아직 사귀는 건 아니지만 일단 항상 붙어 다니며 친하게 지내는 것이 단순한 동료 수준은 넘어선 것 같고, 묘한 기류도 흐르는 듯하니 충분히 기대할 만하다.

"이제 와서 다시 레비나에게 홀리진 않겠지? 그 꼴 당해놓고?"

"설마? 나이도 먹었으니 철들었겠지."

"그래도 혹시 모르잖냐?"

"그러니 저 아가씨가 대장 좀 꽉 잡아주면 좋겠는데."

이런 이유로 모든 창천기사단원은 알리타를 깍듯이 대했다. 결코 정중함을 잃지 않고 항상 호의 어린 태도를 유지했다.

그래서 알리타는 헷갈려 했다.

다들 자신을 존중해 주는 건 좋은데, 어째 눈빛이 미묘하다. 뭐랄까, 꼭 뼈다귀 기대하는 강아지 같은 표정이랄까?

"……?"

물론 금방 신경 껐다. 이런 감정적인 문제에 있어서 그녀는 천성적으로 둔한 편이었으니까.

어차피 갑자기 씌워진 부대장이란 감투를 소화하기만도 벅차 신경 쓸 겨를이 없기도 했다.

휘하에 갑자기 열댓 명의 대원이 생겼으니 그들을 지휘하고 함께 싸우는 법도 터득해야 한다.

이래저래 바쁜 나날이었다.

참고로 세 부대로 나뉜 켈테론 기사단은 각 부대당 열댓 명씩 대원을 배치하고 있었다. 시한이 거둔 구창천기사단이 서른 명 조금 넘었었으니 계산해 보면 열 명 정도 많은 셈이다.

그 열 명이 바로 원래 켈테론 휘하의 기사였다.

*　　　*　　　*

마크는 올해로 서른 살이 되는 젊은 소드하이어였다. 투기의 힘을 터득한 지 어언 5년 차, 나름대로 열심히 노력했지만 그는 아직도 종자급의 경지를 벗어나지 못했다.

그 나이에 여태 종자급이면 기껏해야 용병 노릇이나 할 뿐 제대로 된 기사 서임을 받는 것은 불가능한 일이다.

아무리 세상이 변해 예전보다 기사가 되기 쉬워졌다지만 그래도 최소 투사급은 되어야 작위를 받을 수 있다. 그것도 가문이 받쳐 주는 경우에나 선별적으로 가능하다.

딱히 혈통이 좋은 것도 아니고 재능이 뛰어난 것도 아닌 마크가 정식 기사가 될 방법은 거의 없었다.

그래서 켈테론 밑으로 들어갔다. 경쟁률이 한없이 낮으니 마크 정도의 기량으로도 용케 기사가 될 수 있었다.

한 번 자존심을 꺾고 나니 삶이 참 편했다.

명예로운 기사가 되기 위해 고군분투할 때는 주위를 아무리 둘러봐도 자신보다 강한 이들밖에 없었다. 하지만 켈테론 밑에서는 이야기가 달랐다. 워낙 삼류만 모여 있다 보니 그 속에서 마크 정도면 충분히 강력한 소드하이어였다.

켈테론 밑에서 힘없는 백성들 상대로 위세를 떨치고 간간이 별 볼 일 없는 심부름이나 하며 편안히 살아갔다.

사람들이 자신을 우물 안 개구리라고 욕하고 있다는 걸 모르는 바는 아니었지만, 이미 우물에 적응하고 난 후라 전혀 신경이 쓰이지 않았다.

원래 개구리는 우물 안에 있을 때가 제일 행복한 것이다. 어딜 둘러봐도 자신보다 못한 놈들밖에 없는데?

그렇게 평화로운 날건달의 삶을 안락하게 구가하고 있던 마크였는데…….

"하아, 대체 왜 이렇게 된 거지?"

갑자기 세상이 변해버렸다.

느닷없이 쿠데타가 일어나고 국왕이 바뀌더니 섬기던 켈테론이 무려 일국의 재상이 되어버렸다.

뭐, 여기까진 그래도 마크와 별 상관이 없는 문제였다.

원래 켈테론은 젝센가드 통치 시절부터 유수의 권력자였다. 그리고 그의 권력은 행정력에서 나오지 군사력에서 나오는 게 아니었다.

여전히 마크 자신은 켈테론의 심부름꾼으로 잡무나 처리하며 편안히 지낼 수 있을 거라 생각했다. 진짜 무력이 필요할 땐 예전처럼 흑사자 기사단을 움직이거나 하겠지.

그런데 갑자기 사병을 키운다고 한다. 심지어 그 사병이란 게 혁명전쟁 시절 대륙 최강이라 불리던 이계구원자의 직속 부대, 창천기사단이었다.

마크 같은 이들에게 있어 창천기사단은 이야기 속의 드래곤 같은 존재다.

틀림없이 세상에 있다는 건 알지만, 자신과는 아무 상관도 없는 전설 속의 존재.

그 전설이 어느 날 갑자기 피부로 와 닿는 '현실'이 되어버렸다!

                    *   *   *

왕도 라텐셀 외곽에 위치한 켈테론 기사단 본부.

그 다섯 연무장 중 한 곳에 열댓 명의 소드하이어가 모여 있었다. 알리타가 지휘하는 제3대대 대원들이었다. 저마다 강렬한 투기검을 내뿜으며 대련에 열중하는 중이다.

"와우, 오랜만에 몸 푸니까 좋은데?"

"간만에 질 좋은 검을 휘두르니 손맛이 그만이야, 하하하!"

연무장 곳곳에서 굉음이 울리고 대기가 진동했다. 투기검과 투기검의 충돌로 인한 것이었다.

멍한 얼굴로 마크를 비롯한 구 켈테론 휘하 기사들은 눈앞의 광경을 지켜보았다.

"와아……."

"엄청나다……."

마크 같은 삼류 소드하이어들은 감히 상상도 못 할 위력이었다. 실제로 저들 중 한 명만 나서도 마크 일행을 참살하는 데는 채 몇 초도 걸리지 않을 것이다.

"도대체……."

보면 볼수록 상황이 이해가 가지 않았다.

"우리가 왜 여기 있는 거지?"

"저분들은 왜 우리랑 같이 있는 거고?"

그래, 그때부터였다.

션 스테인.

용병왕 바락의 후계자라는 그 젊은 청년이 나타나면서부터 자신들을 둘러싼 세상이 격변하기 시작했다.

그렇게 마크 일행이 망연자실해 있을 때였다.

대련을 끝낸 40대 초반의 기사 한 명이 마크 일행을 돌아보더니 손가락질을 했다.

"자, 이제 자네들 차례구만?"

마크 일행의 얼굴이 사색이 되었다. 자기도 모르게 입에서 신음이 흘러나왔다.

"아으으……."

"사, 살려주십시오!"

"뭘 살려줘? 그냥 가볍게 몸이나 풀자는 건데."

켈테론 기사단이 되며 창천기사단과 구 켈테론 기사들은 같은 소속이 되었다. 문제는 둘 사이의 실력 차이가 극심해도 너무 극심하다는 점이었다.

한쪽은 십 년 전에 이미 대륙 최강, 반면 다른 한쪽은 대륙 최악까진 아니더라도 최약체 중 하나임엔 분명하다.

실제로 켈테론 기사들을 처음 본 우드로우는 깊은 탄식을 남기기도 했다.

"하아, 자네들, 약해도 너무 약하군."

하지만 우드로우는 구 켈테론 기사들을 포기하지 않았다. 대신 웃으며 격려했다.

"괜찮아, 수행하면 다 강해져."

그 수행이 '창천기사단 기준'이라는 것이 마크 일행의 불행이었다. 창천기사단 입장에선 가벼운 몸풀기라도 이들에겐 생사가 오가는 고문인 것이다.

벌써 며칠째, 죽도록 구르고 구르고 또 구른 마크 일행이었다. 그리고 지금 또다시 그 지옥(?)이 눈앞에 펼쳐지려 한다.

다가오는 창천기사단원, 로드워트를 바라보며 마크는 울부짖었다.

"무, 무립니다요! 우리 같은 놈들은 여러분들처럼 강하지 않단 말입니다!"

이계구원자 밑에서 온갖 전설을 쓴 창천기사단과 켈테론 밑에서 온갖 양아치 짓만 한 자신들을 비교하는 게 말이나 되냔 말이다!

마크의 항변을 로드워트는 진지한 얼굴로 되받아쳤다.

"우리도 마찬가지였다네."

이계구원자 성시한을 만나지 않았다면, 그에게 배우고 그와 함께 싸우지 않았다면 자신들 역시 흔해 빠진 삼류 소드하이어로 생을 마감했을지도 모른다.

로드워트가 검을 쥔 채 마크의 앞으로 걸어왔다.

"하지만 우린 시한 대장을 만났고, 강해질 수 있었지."

그가 부드러운 미소와 함께 말을 건넸다.

"인간은 환경에 따라 얼마든지 변할 수 있다. 자네들도 충분히 강해질 수 있어!"

부드러우면서도 강인한, 믿음이 느껴지는 목소리였다.

마크의 공포가 조금 가셨다. 자기도 모르게 그는 연무장으로 향했다.

"아, 알겠습니다, 하이어 로드워트."

그 모습을 흐뭇하게 바라보며 로드워트가 나직하게 중얼거렸다.

"…못 변하면 죽겠지만."

"잠깐만요? 지금 굉장히 흘려들을 수 없는 뒷말이 들린 것 같습니다만?"

"기분 탓일세. 자, 그럼 수행을 시작하자!"

잠시 후, 맑은 겨울 하늘 위로 곡소리가 울려 퍼졌다.

"끄아아악!"

*   *   *

창천기사단의 혹독한 수행을 따라가며 구켈테론 휘하 기사들은 새롭게 태어나고 있었다. 더 이상 기사의 탈을 쓴 나태한 삼류 건달이 아니라 진정한 소드하이어의 길을 걷기 시작했다.

나름대로 나이도 있고 경력도 있는 이들이어서 제법 진도가 빨랐다.

그러니까 어느 정도냐 하면…….

"이젠 다들 디나보다 강해졌어요!"

환하게 웃는 알리타를 보며 성시한은 떨떠름한 표정을 지었다.

"비교 대상이 너무 서글프지 않냐, 그거?"

알리타가 눈을 흘겼다.

"디나 무시하지 마요, 그 아이가 얼마나 열심인데요?"

"하긴 나이에 비하면 상당히 강해지긴 했지, 디나도."

14살에 제대로 된 종자급 소드하이어가 되는 경우는 거의 없다. 한때 디나와 함께 흑사자 기사단의 종자로 일하던 아이들은 아직도 투기 다스림을 터득하지 못했다.

디나는 분명 남들에 비해 월등히 빠른 성장을 하고 있었다.

"그렇다고 경악할 만한 성장이라 할 정도도 아니긴 하지만."

실은 알리타도 저 나이에 이미 종자급 소드하이어였다.

원래 소드하이어는 기사급까진 진도가 빠른 것이다.

평균적인 재능을 지닌 소드하이어가 성실하게 수행하면 보통 이십 대 중반에서 후반 사이에 투사급에 오르고, 서른 중후반에 기사급이 된다. 일국의 왕실기사단 정도 되면 성장이 더욱 빨라, 서른 전에 기사급이 되는 경우가 대부분이다.

단지 그 후로는 성장이 크게 더뎌지기에 왕실기사단 출신이라도 달인급에 오르는 이는 극소수, 보통은 평생 기사급에 머무르는 것이 일반적이었다.

지금의 알리타는 십 대 후반에 기사급 소드하이어가 되었을 정도이니 자질 면에서는 그 이상이라고 봐야 할 것이다. 실제로 그녀를 본 다른 소드하이어들은 엄청난 천재라며 감탄하곤 했다.

"그런데 시한은 만날 나 재능 없다고 구박만 하고."

알리타가 투덜거렸다.

성시한이 멋쩍어 하며 머리를 긁었다.

"내가 그랬던가? 딱히 구박할 생각은 없었는데."

시한이 인식하는 천재의 기준이 레비나였다는 점이 문제다.

12살 때 투기를 각성해 석 달 만에 종자급 소드하이어가 된 레비나였다. 심지어 13살 때 바로 투사급이 되더니 지금 다나 나이에 기사급을 찍고, 알리타 나이에는 달인급의 경지에 올라 버렸다.

"그리고 혁명전쟁 후반쯤엔 결국 초인급의 경지에 도달했지. 생각해 보니 레비나가 진짜 비상식적으로 진도가 빠르긴 했네?"

"그러니까 그런 괴물이랑 비교하지 말라니까요? 쳇."

시프 퀸 레비나의 재능은 하늘이 실수로 내린 게 아닐까 싶을 정도로 엄청나다. 초반 진도가 빠른 만큼 초인급의 벽을 넘고는 한동안 정체되어 있었지만, 십 년이 지난 지금은 얼마나 성장해 있을지 짐작이 가지 않는다.

"분명 테오란트보단 강할 것 같은데."

시한의 혼잣말에 알리타는 수심에 잠겼다.

"설마 시한보다도 강해진 건 아니겠죠?"

"모르지, 그건."

테오란트와 달리 레비나는 아직 젊다. 여전히 전사로서 성장기라는 의미다.

게다가 재능의 수준이 다르니 같은 무신급이라도 실제 기량은 테오란트보다 그녀가 월등히 높을지도 모른다.

"그래도 크게 차이가 나진 않을 거야. 나 역시 투기술은 정점을 찍은 상태니까. 그리고 난 플로어 마스터이기도 하잖아?"

설사 레비나가 성시한의 경지를 뛰어넘는 소드하이어가 되었다 해도 마법의 힘이 있는 이상 여전히 성시한이 유리하다.

"일대일로 붙으면 질 거란 생각은 안 해. 일대일 전투까지 판을 깔기가 힘들어서 그렇지."

테오란트 같은 경우엔 우연히 그런 자리가 마련되었지만 그런 행운이 또 있을 거라 기대하는 건 무리겠지.

"기회가 오길 기다려야지."

그리고 기회는 반드시 온다.

"원래 뒤통수는 맞는 놈보다 때리는 놈이 훨씬 유리한 법이니까 말이야."

"흐음, 시한이 그렇게 말하니 굉장히 설득력이 있는데요?"

놀리는 듯한 알리타의 말에 시한이 입을 삐죽이며 투덜거렸다.

"그래, 내가 왕년에 뒤통수 좀 맞아봤다, 쳇."

Chapter 3

실버 문(Silver Moon)

원래 성시한은 창천기사단의 일이 마무리되면 바로 팔로스 왕국으로 향할 작정이었다. 레비나 근처에서 맴돌다 보면 테오란트 때처럼 허점을 파고들 기회가 생길 것이라 기대되었기 때문이다.

　하지만 어째 상황이 좋지 않았다. 레비나 여왕이 퀸즈 나이츠를 모조리 모으고 왕성의 경계를 극도로 강화한 것이다. 실로 삼엄한 경계 태세였다.

　켈테론은 현 시국에서 레비나에게 접근하는 것은 시기상조라 조언했고 성시한 역시 이견을 달지 않았다.

"설마 레비나가 내 존재를 눈치챈 건 아니겠지?"

시한의 의문에 켈테론이 고개를 저었다.

"그 정도는 아닐 거라고 생각합니다. 아마도 타국을 경계하는 게 아닐까요?"

릴스타인이나 사파란이 테오란트나 젝센가드를 처리했다고 의심해도, 어차피 레비나가 취할 태도는 지금과 별로 다르지 않다.

"카렌 이나시우스는 의심하지 않겠지만 말이죠. 그녀의 성품이라면 저런 음모를 꾸미지는 않을 테니까요. 저도 아는 사실이니 다른 혁명 6영웅이 모를 리가 없습니다."

성시한은 혀를 찼다.

평소 꾸준하게 무욕적인 모습을 보여왔으니, 권력욕으로 눈이 먼 상태에서조차 다들 그녀는 의심하지 않는다.

"이래서 사람은 평소 행실이 중요하다는 거구만."

문득 켈테론이 인상을 썼다.

"물론 레비나가 시한 님의 존재를 알아챘을 가능성도 아주 없다곤 못 하겠습니다만……."

"뭔가 감은 잡았을지도 모르지. 원래 걔가 감은 좋았어."

시한이 고개를 저었다.

"그래 봤자 감일 뿐이겠지만. 실제로 파악한 건 전혀 없을 거야."

"어떻게 확신하실 수 있습니까?"

"뭔가 알아챈 거라면 저렇게 소극적인 태세를 취하지 않을 테니까."

성시한이 아는 레비나는 적극적인 성격이었다.

"물러설지, 앞으로 나아갈지 택해야 한다면 나아가는 타입이었지."

그런 그녀가 시한의 존재를 알아챘다면 저렇게 왕도에 처박혀 가만히 상황이 흘러가길 기다리기만 할 리가 없다.

"벌써 움직여도 움직였을걸? 그게 아니라면 예감이 좋지 않으니 일단 대비는 해두자는 것 정도로 보이는데……."

"확실히 그럴 가능성이 제일 높겠군요."

어깨를 펴며 성시한은 느긋하게 뇌까렸다.

"당분간 두고 보자고."

*   *   *

겨울이 깊어진다. 하루하루 날이 추워지며 라텐셸의 산악에도 칼바람이 불어닥친다.

켈테론 기사단 본부의 단장실.

성시한은 책상에 수십 권의 책자를 쌓아두고 공부에 여념이 없었다. 왕도 라텐셸을 싹싹 뒤져 사들인 고대 아스틴 어

관련 서적들이었다.

"안녕하세요, 저는 찰스입니다. 당신의 이름은 무엇입니까?"

펼친 고대 아스틴 어 서적을 소리 내 읽다가 문득 시한이 물었다.

"왜 지구도 그렇고 테라노어도 그렇고, 모든 어학 서적은 시작이 다 비슷한 걸까?"

어째 어렸을 때 본 초등학생용 영어책도 첫 문장이 이런 식이었던 것 같다.

옆에서 함께 책을 들여다보던 알리타가 뭐 당연한 걸 물어보냐는 듯 대꾸했다.

"그야 사람이 사람을 만나서 제일 먼저 하는 게 통성명이니까 그렇죠. 통성명을 해야 이야기를 하든 말든 하잖아요?"

"그래서 그런 건가?"

여유가 생긴 김에 두 사람은 미뤄뒀던 고대 아스틴 어를 익히고 있었다. 듀란의 유품인 '루스클란 이계소환술 총론'을 파악하기 위해서였다.

플로어 마스터로서 마법의 힘을 되찾은 성시한이었다. 하지만 여전히 마력 정체 현상에 대해선 이유를 모르는 것이다.

이해 못 할 상황이 계속되고 있으니 불안해서라도 그냥 모른 척할 순 없었다.

알리타 역시 마력이 넘쳐난다고 마냥 좋아만 할 처지가 아니었다.

지금껏 용케도 아무 부작용이 없긴 했지만, 과한 마력이 몸에 독이 된다는 것은 마기언들의 상식이었다. 실제로 성시한은 스파르칸트에게 고문당하던 시절, 과다한 마력 때문에 폭사할 뻔했던 적도 있지 않은가?

이계소환술을 좀 더 깊이 파고들 필요가 있다. 하지만 이 비밀 중의 비밀을 남에게 함부로 보여줄 순 없다.

결국 남은 방법은, 고대 아스틴 어를 터득해 직접 읽는 것뿐이다.

열심히 책자를 비교하다 말고 성시한이 머리를 벅벅 긁었다.

"아으, 고대 아스틴 어 어렵네……."

"어설프게 비슷하니까 더 헷갈려요, 끄응."

알리타도 비슷한 표정이었다. 시한이 푸념을 터뜨렸다.

"나 참, 난 우리나라 고대어도 관심 없던 놈인데 어쩌다 여기서 남의 나라 고대어 연구하는 처지가 됐냐?"

학교 시험 칠 때도 고전 문학은 그냥 찍고 넘겼던 시한이었다. 자기 나라 전통 고전 문학과도 담 쌓았던 그가 남의 나라도 아니고 남의 세계 고전 문학에 매진하게 될 줄이야.

"할 수 없지, 뭐. 학교 시험은 빵점 맞는다고 목이 날아가진 않잖아?"

반면 이건 잘못되면 목숨이 위험할지도 모르는 일이다. 좋든 싫든 무조건 터득은 하고 봐야 한다.

"어휴, 학교 공부를 이렇게 했으면 S대도 갔겠다. 아, 이미 갔구나."

가긴 갔다. 실력이 아니라 커닝해서 간 거라 그렇지.

"졸업 안 하고 잠적해 버렸으니 슬슬 제적당했을라나? 그러고 보니 나 최종 학력 고졸이네?"

대졸자 실업 100만 시대인데 학력 따위 뭔 상관이랴? 시한은 깔끔하게 신경 껐다. 지금의 그에겐 한국보단 테라노어 쪽이 현실이었다.

성시한은 계속 켈테론 기사단 본부에 머물며 고대 아스틴어 습득에 열중했다. 물론 그 와중에 검술과 투기, 마법의 수련 역시 게을리하지 않았다.

그렇게 시간이 흘렀다.

그리고 새해가 밝았다.

*   *   *

형제 세계, 지구와 테라노어는 환경적인 면에서 거의 대부분이 일치한다. 지구와 마찬가지로 테라노어 역시 1년은 365일이며, 지역에 따라 좀 다르지만 기본적으로 해와 달의 주기에 맞춰 하루가 바뀌고 사계절이 변화한다.

하지만 자연이 아닌, 인간이 만든 역법은 꽤 차이가 났다.

지구와 달리 테라노어에선 한 달을 20일로 정한다. 1년이 18개월, 거기에 '불길한 5일'을 더해 한 해의 달력이 완성되는 식이다.

반면 새해의 기준은 지구와 비슷했다.

지구의 새해는 보통 동지 전후로 정해진다. 옛 사람들이 낮이 점점 짧아지는 걸 태양이 죽어간다고, 도로 해가 길어지면 태양이 되살아난다고 여겼기 때문이다.

테라노어 역시 같은 이유로 일 년 중 해가 제일 짧은 날을 새해의 시작으로 삼았다. 역시 사람 생각이란 게 거기서 거기인 모양이었다.

초대 제국 황제, 루스클란 대제가 제정한 이 달력은 오랜 세월 테라노어 전역에서 널리 사용되어 왔다. 달의 주기를 바탕으로 한 역법도 있긴 했지만 그건 달의 교단 내부에서만 사용될 뿐 보편적으로 퍼지지는 않았다.

제국이 멸망하고 육왕국 시대가 열린 지금도 그 전통은 이어지고 있었다.

*　　　*　　　*

넓은 홀에 사람들이 가득 모여 있었다. 새해를 맞이하는 켈테론 기사단원이었다.

테라노어의 전통 풍습에 맞춰 다양한 장식이 홀 곳곳에 걸린다. 다들 기쁜 마음으로 서로 새해 인사를 건넨다.

"올해도 당신의 칼날이 영롱하게 빛날 수 있기를!"

"새해에는 후회 없는 한 해가 되게나."

"악재는 사라지고 호재만이 가득한 한 해가 되길."

테라노어 식, 혹은 소드하이어 식의 축하가 오갔다. 시한도 한국 식으로 새해 축하 인사를 건넸다.

"다들 새해 행복 많이 받아."

복(福)이라는 개념의 단어가 아스틴 어에 없어서 살짝 문법이 이상해지긴 했지만, 뭐 대충 뜻은 통했다.

곧이어 술과 요리가 테이블 가득 풍성하게 차려졌다. 켈테론이 예산을 아끼지 않은 덕에 식탁은 화려하기 그지없었다.

라텐베르크 왕국 전통 요리부터 시작해 테라노어 각지의 새해맞이 음식들이 계속해서 들어온다. 창천기사단의 출신 지역이 워낙 다양한 만큼, 각자의 전통 요리 역시 한두 종류가 아닌 것이다.

현 켈테론 기사단 본부의 요리장, 유스넨이 상당히 유능하긴 하지만 저 다양한 지역 요리를 모두 통달할 정도는 아니다. 당연한 소리겠지만 지금 나오는 요리들은 유스넨의 솜씨가 아니었다.

눈앞에 차려진 만찬을 보며 알리타가 혀를 내둘렀다.

"역시 제논은 직업을 잘못 선택한 것 같아요. 요리사가 되었다면 역사에 남지 않았을까?"

피식거리며 시한이 대꾸했다.

"요리사 하기엔 검의 재능이 너무 아깝지."

"그렇다고 기사하기엔 또 이 재능이 너무 아깝지 않아요?"

"뭐 어때? 사람은 자기 좋아하는 거 하면서 살면 되는 거야. 둘 다 못 하란 법 있나?"

실제로 제논은 지금 주방에서 열심히 냄비를 흔들며 행복해하고 있었다.

"자, 다들 빨리빨리! 다음 요리 나가야 한다고!"

구릿빛 팔뚝을 걷어붙이고 구슬땀을 흘리며 야채를 볶고 소스를 끓이는 표정이 진지하기 그지없다. 주방의 다른 요리사들 역시 진지하게 그의 말에 복종하고 있었다.

심지어 요리장인 유스넨마저도!

"예! 기사님!"

처음부터 유스넨이 제논을 이토록 순순히 따른 것은 아니었다. 처음에는 꽤 반발도 하곤 했다.

"아니, 제논인가 하는 양반은 지가 뭔데 밥때마다 투정이래?"

켈테론 후작가의 요리장에 비하면 아무래도 유스넨은 실력이 좀 떨어지는 편이었다. 그 사실을 안타까워한 제논은 식사 때마다 '가벼운 조언'을 주방에 건넸다.

당연히 유스넨 입장에선 황당하고 어이가 없을 수밖에 없었다.

아무리 상대가 유스넨 따위 손가락 하나로 죽일 수 있는 강력한 소드하이어라지만, 그 역시 요리인으로서의 자부심이 있는 것이다.

"그렇게 요리에 대해 잘 알면 어디 직접 해보시든가!"

그래서 했다.

제논은 주방에 서서 물을 끓였다. 그리고 돼지고기를 통째로 넣고 삶았다.

유스넨은 속으로 비웃었다.

'허? 그냥 무식하게 고기를 삶아 내놓고 요리라 칭할 셈인가?'

돼지고기가 푹 삶아진 뒤 제논은 그 위에 제논장(!)을 발라 내놓았다. 그게 전부였다.

한 입 먹어본 유스넨의 태도가 180도 달라졌다.

"앞으로 기사님의 말은 한마디도 허투루 듣지 않겠습니다!"

이후 주방의 요리사들은 제논의 심복이 되었다. 제논이 한 마디 할 때마다 세이공청은 물론이고, 지금도 그의 수족이 되어 착실히 요리에 임하고 있었다.

잠시 후 제논이 주방에서 커다란 냄비를 들고 나왔다.

"자, 떡국 나왔습니다, 시한."

시한의 눈이 휘둥그레졌다.

"우와? 이거 정말 만든 거야?"

"일단 들은 대로 만들어보긴 했는데, 입맛에 맞을지는 모르겠군요."

성시한은 멍하니 냄비 안을 들여다보았다. 일단 비주얼만 보면 정말 한국의 떡국이었다.

혹시나 싶어 시켜봤는데 정말로 만들 줄이야!

제논이 겸손을 떨었다.

"별것 아닙니다. 재료 자체는 이나시우스 교국 쪽 전통 요리랑 대충 비슷하니까요."

하긴, 떡국 자체가 그렇게 복잡한 요리는 아니다. 쌀농사 짓는 지역이라면 떡 정도는 다들 있게 마련이다. 꿩이나 소, 돼지, 계란도 테라노어에 당연히 존재한다. 이나시우스 교국에선 간장과 비슷한 생선 베이스의 소스도 요리에 쓴다.

"그, 참기름? 그건 뭔지 모르겠어서 그냥 해바라기 씨 기름을 썼습니다만……."

"에이, 거기까진 기대도 안 해."

시한은 흥분한 얼굴로 스푼을 들었다.

다른 기사단원들도 눈을 빛내며 테이블에 모여 앉았다.

"흐음?"

"이게 시한 대장 고향 요리야?"

타향살이 중인 창천기사단과 달리 마크 일행, 그러니까 구켈테론 휘하인 기사들은 라텐베르크 왕국이 고향이었다. 새해를 맞이해 모두 집으로 돌아간 상태라 홀 안엔 성시한의 진짜 정체를 아는 사람들밖에 안 남아 있었다.

다들 긴장 풀고 마음껏 떠들어댔다.

"한국에선 새해에 이런 걸 먹는단 말이죠?"

"신기하게 생겼다."

"예전 대륙 동부에서 비슷한 걸 먹어보긴 했었는데."

떡국을 가리키며 시한이 한국의 전통에 대해 첨언했다.

"우리나라에선 이 떡국을 한 그릇 먹을 때마다 한 살씩 먹는다고 하지."

그러자 눈앞에 놓인 떡국을 본 기사들의 안색이 일제히 어두워졌다. 특히 비렛타와 알리타는 더더욱.

"이거 노화 촉진제였어요?"

"오늘같이 좋은 날 왜 이런 불길한 음식을?"

"아니, 그게 아니라……."

황당해하며 시한이 손을 저었다.

"이거 먹는다고 정말 늙는다는 소리가 아니라, 그냥 일종의 기념이라고."

그래도 비렛타는 납득하지 못하는 듯했다. 안 그래도 서른 넘기면서 나이에 민감해진 그녀였다.

"늙는 것도 서러운데 일부러 그 사실을 기념하기까지 한다고요? 한국 이상하네요……."

"이거 원래는 되게 아름다운 풍습이거든?"

성시한은 투덜거리며 고향의 풍습에 대해 항변하려 했다. 그런데 막상 설명하려니 자신도 왜 저런 말이 나왔는지 잘 모르겠다.

"됐다. 신경 꺼."

어쨌거나 맛은 좋았다. 다들 신기해하면서도 먹기 시작했다.

시한도 떡국을 한 스푼 떠 입에 넣었다. 제논이 긴장하며 물었다.

"어떻습니까?"

시한이 고개를 갸웃거렸다.

"음, 미묘하게 비슷한 듯 아닌 듯……."

떡 식감도 좀 다르고 국물 맛도 묘하다. 쌀농사 짓기는 이나시우스 교국도 마찬가지지만 품종이 다르니 떡 맛도 다른 것이다.

게다가 제논은 떡국을 먹어보고 재현한 게 아니라 성시한

설명만 듣고 얼추 비슷하게 만들었다. 당연히 아무래도 차이가 나지.

"그래도 맛있는데? 고맙다, 제논."

"별말씀을."

차이가 있다 해도 충분히 한국을 떠올릴 수 있는 맛이었다. 그래서 시한은 결심했다.

'좋아, 이제 다음 목표는 김치다! 제논이라면 분명 김치도 담글 수 있을 거야!'

"…왜 그런 눈으로 절 보시는 겁니까, 시한?"

"아냐, 아무것도."

점점 파티가 무르익어 갔다.

다들 배를 채우고 술을 마시며 기분 좋게 취해갔다. 기사들 중 몇몇이 흥이 올랐는지 테라노어 전통 악기를 연주하기도 했다.

투박하지만 흥겨운 선율이 홀을 채운다. 음악에 맞춰 누군가가 창천기사단 시절의 군가를 흥얼거리자 모두들 따라 부른다.

결코 세련되고 우아한 귀족들의 연회는 아니었다. 그보단 오히려 전장에서 벌어지는 군대의 회식에 가깝다.

그래서 시한은 옛 추억에 잠겼다.

"옛날 생각나네."

내일을 기약할 수 없는 나날이었다. 어제 함께 웃고 떠들었던 이를, 오늘 시체가 되어 재회하는 시대였다.

하지만 그 속에서도 사람들은 놀고 또 즐겼다.

사람은 아무리 힘들고 괴로워도, 아니 힘들고 괴로울수록 놀고 즐겨야 내일을 살아갈 힘을 얻을 수 있는 법이니까.

＊　　　＊　　　＊

다들 흥겹게 파티를 즐기고 있던 중이었다. 예상치 못한 손님이 기사단 본부를 찾았다.

"어? 켈테론, 웬일이야?"

새해 연회를 위해 왕궁에 있어야 할 이가 이곳에 온 것이다. 의아해하는 성시한을 향해 켈테론이 나직하게 속삭였다.

"저, 시한 님. 잠시 자리를 옮기실 수 있겠습니까?"

시한은 의아해했다.

켈테론의 표정이 꽤나 진지했다. 안색이 굳어 있거나 하진 않으니 무슨 큰일 난 건 아니겠지만, 상당히 중요한 문제인 모양이었다.

"무슨 일인데?"

더더욱 목소리를 낮춰 켈테론이 대꾸했다.

"이나시우스 교국에서 손님이 왔습니다. 시한 님을 만나고 싶다더군요."

"헤에? 션 스테인을?"

켈테론은 고개를 저었다.

"아니요, 성시한 님입니다."

*   *   *

단장실에서 한 여인이 성시한을 기다리고 있었다.

흑발에 검은 눈동자를 지닌, 서른 초반쯤으로 보이는 수수한 인상의 갈렌 족 미녀였다.

얼핏 성시한이 잘 아는 여인과도 닮은 얼굴이었다. 그래서 그는 바로 저 미녀의 정체를 파악했다.

"시디아?"

미녀가 고개를 꾸벅 숙였다.

"다시 뵙네요, 시한 님."

혁명전쟁 시절 카렌 이나시우스의 시종 중 한 명이었고, 얼마 전까지 그녀의 대역 역할을 하고 있던 시디아였다. 카렌이 다시 여왕의 자리로 돌아가자 시디아도 원래 모습을 되찾은 모양이었다.

"어떻게 내 정체를 알고 있나 했더니, 당신이었군."

성시한은 긴장을 풀었다.

자신의 대역을 맡길 정도로 카렌은 시디아를 신뢰하고 있었다. 그런 그녀라면 시한의 비밀 역시 믿고 알려줄 수 있겠지.

시디아가 빙그레 웃으며 말을 이었다.

"원래 얼굴은 안 보여주시나요? 전에 뵙긴 했지만, 진짜 시한 님은 아직 못 만나봤잖아요, 저."

시한은 말없이 천변기를 풀었다.

그녀가 그리운 표정을 지었다. 이제야 그녀가 기억하는 이계구원자 성시한이었다.

"많이 변하셨네요."

얼굴이야 그대로지만 앳된 티가 완전히 사라졌다. 듬직한 사내의 얼굴이었다.

시한이 고개를 끄덕였다.

"시디아, 당신도 많이 변했네. 지금은 확실히 제 나이로 보여."

가짜 카렌일 때는 이십 대 초반으로 보였지만 지금의 시디아는 확실히 삼십 대 여인이었다.

"…여전히 눈치는 없으시네요."

시디아가 눈을 흘겼다. 여자 앞에서 나이 들어 보인다는 소릴 참 태연스럽게도 한다.

"엉? 내, 내가 뭐 잘못 말했나?"

성시한은 머리를 긁적였다. 그러다 문득 시디아의 목덜미를 바라보았다.

그러고 보니, 예전 그녀의 침실을 야밤에 몰래 쳐들어가 목에 칼 들이대고 협박했던 적이 있지 않았던가?

'와, 이렇게 묘사하니 나 정말 천하의 인간 망종이네?'

어색해하며 시한이 사과를 건넸다.

"아 참, 그땐 미안했어."

웃으며 시디아가 고개를 저었다.

"사실 전 그때 기억은 하나도 안 나요."

혼천기에 제압당하며 그날 밤의 기억 자체가 모조리 삭제된 것이다. 기억하는 거라곤 그냥 다음 날 눈떠 보니 왠지 목덜미에 칼자국이 나 있더라는 것 정도?

나중에 카렌에게 자초지종을 듣고서야 겨우 정황을 이해했다.

"그 전까진 제게 무슨 몽유병이라도 있는 줄 알고 걱정했었죠."

"미, 미안."

한 번 더 사죄하며 시한은 머쓱해했다. 그리고 물었다.

"그런데 여기는 어쩐 일이지?"

이나시우스 교국과 라텐베르크 왕국은 그냥 사소한 볼일로 오갈 만큼 짧은 거리가 아니다. 혹시 사절단으로 온 김에 그리운 얼굴이라도 볼 셈이었을까?

하지만 예전 시디아와 성시한이 그 정도로 친한 사이는 아니었다. 그냥 카렌 덕분에 서로 안면이나 익히고 있었을 정도지.

과연 시디아는 다른 용건이 있었다.

"폐하의 전언이 있습니다."

그녀가 안색을 굳히고 진지한 목소리로 입을 열었다.

"도와주세요, 시한 님. 지금 폐하껜 당신이 필요합니다."

                    *   *   *

카렌 이나시우스는 모든 힘을 잃고 평범한 여인이 되었다. 이제 더 이상 그녀는 혁명 영웅도 달의 교황도 아니다.

그러나 마음대로 여왕의 자리에서 물러설 수도 없었다.

현재의 육왕국은 모두 생긴 지 십 년밖에 안 된 신생국이다. 나라의 기틀이 간신히 잡혔다지만 아직은 혁명 영웅의 명성에 의지하는 바가 크다.

여기서 카렌이 사라져 버리면, 테라노어 내 정치 구도에서 이나시우스 교국의 위세가 크게 떨어지는 것이다.

위세도 위세지만 실제 전력 면에서도 상당히 위축된다.

혁명 7영웅 중 하나인 카렌 이나시우스는 그 상징성 못지않게 실제 무력 역시 전황을 좌우하는 수준이다. 현대 지구와 비교하면 전술 핵무기 같은 존재랄까?

그녀의 존재만으로도 타국의 발호를 막고 전쟁을 억제하는 효과가 있으니, 카렌의 퇴위는 이제 간신히 안정화된 이나시우스 교국에 큰 혼란을 가져올 수 있는 것이다.

시디아의 설명에 켈테론이 납득한다는 표정을 지었다.

"하긴, 에란트 폐하도 지금 정세의 안정으로 마음고생이 심하다고 하지요."

국왕을 잃은 테오란트 왕국에서 국민들이 얼마나 불안해하고 혼란스러워하는지를 보면 카렌의 근심은 충분히 타당했다.

뭐, 라텐베르크 왕국 같은 경우엔 젝센가드 통치 시절 이미 충분히 혼란스러웠던지라 오히려 상황이 나아진 케이스였지만.

시디아가 차분히 말을 이었다.

"폐하께서는 여전히 왕위에는 관심이 없으십니다. 하지만 여왕의 책임감만큼은 절대 버리지 않으셨지요."

후계자를 준비하고 왕국을 안정시키기에 반년이란 기간은 너무 짧다.

"그래서 실버 문 찬미제 때 폐하께서 건재하심을 보일 필요가 있습니다."

시디아가 가짜 카렌 역할을 하고 있을 때도 사람들은 전혀 의심하지 않았다. 매년 실버 문 찬미제 때마다 진짜 카렌이 그 가공할 권능을 선보여 왔으니까.

"이번 실버 문 찬미제만 무사히 넘긴다면 앞으로 상황을 정리할 1년이란 시간이 더 생겨요. 그때까지라면 폐하께서도 충분히 왕위를 계승할 준비를 갖추실 수 있을 겁니다."

설명을 이으면서도 시디아는 어떻게든 시한의 심기를 거스르지 않으려 노력했다.

카렌의 퇴위는 성시한의 의지에 의한 것, 그녀가 왕위를 버리지 않겠다면 시한 입장에선 '대가를 치르지 않겠다'는 식으로 해석될 수도 있었다.

어떻게든 이계구원자의 분노를 사지 않으면서 정황상 어쩔 수 없다는 점을 피력해야 한다.

"폐하께서 말씀하시길, 약속을 어길 생각은 없으며 그저 조금 더 시간이 필요할 뿐이라고……."

다행히 성시한은 분노하지 않았다.

"괜찮아, 상황은 충분히 이해해."

이미 카렌에 대한 분노는 남아 있지 않았다. 대가를 치른 시점에서 그녀와의 모든 은원은 정리했다.

그리고 그때와 지금은 마음가짐도 좀 달랐다.

'테오란트를 만나고 났더니 카렌 정도론 화도 안 나더라, 뭐.'

오히려 그때 자신이 너무 심했나 하는 생각마저 들 지경이었다.

"내가 도울 수 있다면 돕겠어."

단지, 이해는 가지 않았다.

"그런데 뭘 어떻게 하겠다는 거야, 그래서?"

듣자 하니 실버 문 찬미제 때 카렌의 건재함을 보여야 한다는 것 같은데, 시한의 도움이 필요하다는 소리가 도무지 이해가 안 간다.

무신급 소드하이어이며 플로어 마스터인 성시한이지만 프린이나 프레이어는 아니다. 신성술 면에선 완전 문외한인 그가 뭘 할 수 있다고?

"차라리 산을 무너뜨리라거나 성을 날리라거나 하는 무력 퍼포먼스라면 몰라도……."

무극천광도 있고, 9층 궁극 파괴 마법도 있으니 차라리 저런 건 쉽다.

하지만 실버 문 찬미제는 종교 의식이고 반드시 신성력이 필요했다. 투기나 마력으로 뭘 해봤자 절대 사람들이 속을 리 없었다.

"그렇다고 내게 카렌을 정상으로 되돌릴 방법이 있는 것도 아니거든?"

진심으로 궁금해하며 시한이 물었다.

"무슨 수로 내가 그녀를 도울 수 있다는 거지?"

시디아도 그것까진 듣지 못한 듯했다.

"저도 모릅니다만……."

단지 그녀는 확신만을 지니고 있었다.

"폐하께선 틀림없이 시한 님이 자신을 도울 수 있다고 하셨어요."

*   *   *

다음 날 성시한은 라텐베르크 왕국을 떠났다. 그리고 시디아를 비롯한 사절단과 함께 이나시우스 교국으로 향했다.

우드로우와 비렛타, 그리고 창천기사단은 본부에 남고 제논과 알리타, 디나가 시한과 동행했다.

알리타는 수시로 차원 간 변동력 차단 마법을 갱신해야 하니 장시간 떨어져 있을 수가 없는 것이다. 그녀가 마법을 터득하긴 했지만 여전히 마력 조절은 하지 못하니 차원 간 변동력 차단 마법을 직접 쓸 수는 없다.

디나야 알리타의 종자이니 그녀가 가는 곳은 무조건 따라가야 한다.

그리고 제논 같은 경우엔…….

'밥이 너무 맛있잖아! 이젠 도저히 제논 말고 딴 사람 요리는 못 먹겠어! 제길!'

…적어도 시한 기준에선 상당히 절실한 이유였다.

보름간의 여행 끝에 용병왕 바락의 후계자, 켈테론 기사단장 선 스테인은 다시 이나시우스 교국의 수도 리자테리움을 밟았다.

*　　　*　　　*

왕궁, 밤의 눈동자 최상층 여왕의 방.

성시한과 카렌 이나시우스는 서로를 바라보고 있었다.

"어, 카렌⋯⋯."

성시한은 머리를 긁었다. 다시 만날 일 없을 것처럼 등 휙 돌리고 헤어진 주제에 이렇게 금방 재회해 버리니, 분위기가 영 어색했다.

카렌이 침착하게 입을 열었다.

"와줘서 고마워요, 시한."

여왕의 자리로 돌아온 카렌은 더 이상 시골 처녀 같은 차림을 하고 있지 않았다. 섬세한 흑발을 아름답게 땋고 흑색의 드레스를 걸친, 누가 봐도 아름답고 위엄 가득한 여왕의 모습이었다.

사실 처음 보는 모습은 아니다. 시디아, 그러니까 가짜 카렌이 취했던 모습도 저것과 같았다.

하지만 분위기가 전혀 달랐다.

선명한 검은 눈동자 위론 의지의 빛이 맴돈다. 모든 힘을 잃고 일개 여인이 된 지금도 신도와 국민을 지켜야 한다는 각오가 눈동자 가득 서려 있다.

주저하며 시한이 물었다.

"몸은 괜찮아?"

말없이 카렌은 고개를 끄덕였다. 비록 힘은 잃었다지만 일상생활이 불가능해질 정도로 약해지진 않았다.

그녀가 조심스레 사죄의 말을 건넸다.

"미안해요, 시한. 약속을 어기려 한 건 아니에요."

"상관없어, 계속 여왕 노릇 해도."

시한은 빙그레 웃었다. 적어도 저 말만큼은 진심이었다.

"더 이상 그날의 일을 생각해도, 난 이제 화가 나지 않아."

분명 카렌을 향한 증오의 감정은 없다. 그럼 과연 그녀를 보며 느끼던 옛날의 호의와 애정도 돌아왔는가?

지금은 그랬다.

"테오란트 덕분이라고 해야 하려나?"

성시한은 고소를 머금었다.

역시 과거의 멘토였던 이답게, 테오란트는 재회한 후에도 시한에게 참으로 많은 인생의 가르침을 주었다. 예전과 달리 반면교사, 타산지석이라 그렇지.

카렌도 쓴웃음을 지었다.

"테오란트가 많이 변하긴 했죠."

십 년 만에 테라노어로 돌아온 시한과 달리 카렌은 실시간으로 테오란트의 변모를 봐온 것이다. 당연히 지금의 그가 어떤 인간으로 변했는지 알고 있었다.

"그런데……."

카렌이 안색을 굳히며 다시 물었다.

"정말 도와줄 건가요, 시한?"

"응, 이 사태엔 내 책임도 있으니까."

카렌이 왕위에서 물러나지 못하는 이유는 대륙의 정세가 영 위태롭게 흘러가기 때문이다.

젝센가드에 이어 테오란트도 죽으며 육왕국 중 두 나라가 크게 흔들렸다. 국가 간 균형이 크게 깨졌으니 야심을 가진 이들에게는 절호의 기회다.

"릴스타인 왕국도 사파란 왕국도, 은밀하게 병력을 모으며 위험한 움직임을 보이고 있어요."

근심하며 카렌이 말을 이었다.

"팔로스 왕국은 이미 움직였고요."

레비나가 모든 병력을 왕도로 모은 것은 자신의 호위를 강화하기 위해서일 수도 있지만 전쟁을 대비해 물밑 작업을 하는 것으로도 볼 수 있었다.

"레비나의 움직임이 심상치 않아요. 여기서 제가 그냥 퇴위해 버릴 순 없어요."

"충분히 이해해, 카렌. 그리고 나 역시 지금은 네가 여왕으로 있는 것에 찬성이야."

자신의 복수로 인해 상관없는 교국의 백성들이 피해를 입는 건 바라는 바가 아니다.

"하지만 내가 뭘 할 수 있다는 건지 모르겠거든?"

시한이 인상을 썼다. 오면서 계속 궁리해 봤지만 자신이 카렌을 어떤 식으로 도울 수 있다는 건지 짐작도 가지 않았다.

"카렌, 널 치료할 방법은 나도 정말 몰라. 거짓말이 아냐, 이거."

"저도 알아요, 시한."

그녀는 예전의 힘을 되찾고 싶어 하는 것이 아니었다.

"그냥 실버 문 찬미제 때, 딱 한 번만 원래 힘을 발휘할 수 있으면 돼요."

"그러니까, 그걸 무슨 수로?"

차분한 목소리로 카렌이 방법을 설명했다.

"그건……."

그리고 설명을 듣자마자 시한은 기겁하며 고함을 터뜨렸다.

"미, 미쳤어, 카렌!?"

*　　　*　　　*

실버 문 찬미제.

만월의 빛이 가장 강해지는 이날은 크론 리자테를 섬기는 달의 교단 최대의 전통 축제일이었다.

무수한 순례자들이 이날을 위해 리자테리움으로 모였다.

거리 곳곳에 달을 상징하는 교단의 성표가 걸린다. 은으로 치장한 화려한 성물이 신전 외곽을 장식한다. 일반 시민들 역시 마음을 담아 투박하게 조각한 나무 성표를 대문이며 창문에 걸어 놓았다.

거리 곳곳에서 가난한 이들을 위해 만월의 형태를 한 떡을 무상으로 나눠주고, 악사들이 연주하는 감미로운 성가가 골목을 누빈다.

달의 프린과 프레이어들은 수도 각지의 신전으로 모인다. 해가 떠 있을 때부터 각 신전에서 미사를 올리고 크론 리자테를 찬양하는 노래를 부른다.

교국의 신민들이 경건하게 신전 바닥에 무릎 꿇고 기도에 열중한다. 경건하게 여신을 찬미하며 해가 저물고 은월이 떠오르길 기다린다.

다른 나라의 축제와 달리 차분한 분위기의 축제였다. 신전

귀퉁이에 몸을 숨긴 채 상황을 지켜보며 성시한은 미간을 찌푸렸다.

"걱정이네……."

달의 교단에는 실버 문 찬미제 때 교황이 직접 신민을 축복하는 전통이 있었다. 크론 리자테께서 그녀의 신민을 언제나 굽어살피고 보살핀다는 것을 증거하는, 그를 위해 여신의 대행자인 교황을 이 땅에 내렸음을 기념하는 전통이었다.

십여 년 전부터 그 역할은 카렌 이나시우스의 것이었다.

달의 교단 역사상 유례가 없는 강력한 신성력의 소유자인 카렌은 매년 자신의 가공할 신성력으로 신민을 축복해 왔다. 그리고 역대 달의 교단 교황들이 선별된 신실한 자들을 모아 신전에서 축복을 내린 것과 달리, 그녀의 축복은 신전 내에 국한되지 않았다.

카렌의 축복은 수도 리자테리움의 중앙 광장, 그곳에 모인 수많은 성직자와 신민들을 모두 포용했다. 거의 수만 명에 달하는 어마어마한 인원에게 모조리 달빛의 성광을 내린 것이다.

역대 교황들의 축복이 독립 영화급이라면 카렌 이나시우스의 그것은 블록버스터급이랄까?

신전 창문 너머로 광장에 모인 수많은 인파를 힐끔거리며 시한은 혀를 찼다.

"어휴, 많이도 모였다."

모두가 곧 이어질 카렌의 축복을 기다리는 이들이었다.

뭐, 사실 카렌의 축복이란 게 무슨 엄청난 효과가 있는 것은 아니었다. 워낙 광범위하게 성광을 퍼뜨리는 식이다 보니 신민 개개인에겐 거의 효력이 없는 것이다.

저 광장에서 '축복의 월광'을 쬐었다고 장님이 눈을 뜬다거나 앉은뱅이가 벌떡 일어나진 않는다. 아무리 카렌이라도 저런 기적을 일으키려면 직접 손을 대고 하나하나 권능을 써야한다.

'…직접 손을 대면 저런 기적도 일으킬 수 있다는 점이 진짜 대단하지만 말이지.'

어쨌거나, 효과는 거창하지만 효력은 거의 없다. 그러니 흉내 자체는 성시한도 하려면 할 수는 있다.

물론 저 엄청난 범위에 모조리 빛을 내리는 것은 결코 쉬운 일이 아니지만, 플로어 마스터인 성시한에겐 그런 식의 마법도 있는 것이다. 적용 범위가 무식하게 넓긴 하지만 시한의 마력도 무식하게 높긴 마찬가지라, 마음만 먹으면 충분히 가능하다.

'하지만 난 빛을 내릴 순 있어도 성광을 내릴 순 없지.'

일개 신민들이야 하늘에서 쏟아지는 빛이 마법인지 신성술인지 어찌 알겠냐마는, 저 광장에 모인 이들 중엔 프린과 프레이어도 엄청나게 많다. 성직자인 저들이 시한의 마법에 속을 리가 만무하다.

그러니 그 자리는 오직 카렌 이나시우스, 그녀 외엔 그 누구도 대신할 수 없다.

"후우……."

한숨을 내쉬며 성시한은 중얼거렸다.

"슬슬 움직여야겠네."

해가 저물었다.

밤이 찾아오고 은빛의 만월이 어둠 위로 은은히 빛을 발했다.

달과 별 아래, 신전의 웅장한 문이 열렸다. 검은 머리의 여인이 우아한 드레스 자락을 늘어뜨린 채 걸어 나왔다.

천천히 걸음을 옮겨 계단을 오른 뒤, 광장을 굽어보는 제단 위로 모습을 드러낸다. 광장에 모인 수많은 군중이 술렁거리기 시작했다.

"교황님이셔!"

"카렌 이나시우스 님이시다!"

"여왕 폐하!"

환호는 없었다. 그러기엔 너무 분위기가 경건했다.

하지만 수만 명이 속삭이면 충분히 거대한 소음이 된다. 시끄러운 군중들을 향해 카렌 이나시우스는 오른손을 가볍게 들었다.

소음이 가라앉았다.

다들 침묵한 채 경외에 찬 눈으로 눈앞의 여인, 자신들의 영웅이자 여왕이며 교황인 그녀를 바라보았다. 실버 문 찬미제의 하이라이트가 지금 시작되는 것이다.

카렌이 양팔을 펼쳤다.

"여신의 사랑스러운 아들딸들, 우리의 소중한 형제자매들이여……."

그녀의 전신으로부터 은빛의 성광이 서서히 배어 나온다. 성스러운 빛의 무리가 광장을 안개처럼 뒤덮어간다.

포근한 빛이 사방을 가득 메웠다. 군중들이 하나둘 손을 모으고 기도하기 시작했다.

"아……."

"크론 리자테시여……."

전신에 축복이 충만하게 흐른다. 그저 빛 속에 있는 것만으로 근심 걱정이 사라지고 행복감이 솟구쳐 오른다.

고양된 군중들을 향해 카렌 이나시우스는 차분하게 성구(聖句)를 읊었다. 달의 여신께 찬미를 올리고, 그녀의 은총이 이 땅에 내려 신민들을 보살피길 바라는 기도였다.

기도문이 이어지며 점점 축복의 빛도 짙어졌다. 거대한 은색의 안개가 광장 전체를 휘감아 빛나고 있었다.

마침내 카렌이 두 손을 하늘 위로 높이 들었다. 그녀의 입술 사이로 잔잔한 목소리가 흘러나왔다.

"지금 이곳에 당신의 은총을 바라옵니다……."

밤하늘이 갈라지며 빛이 쏟아졌다. 하늘 전체가 은색으로 물들었다. 빛의 장막이 광장 전체를 뒤덮고도 모자라 인근 거리까지 그 영역을 뻗쳤다.

모두가 믿어 의심치 않았다.

이 순간이야말로, 진정 여신의 축복이 이 땅에 임하고 있음을.

"아아!"

"카렌 님……."

이 자리에 모인 신민들은 감격에 겨워 떨었다. 신성술이라곤 전혀 모르는, 무지렁이 백성인 그들조차도 빛 속에 깃든 성스러움을 느낄 수 있었다.

프린과 프레이어들 역시 마찬가지였다. 신성한 힘을 다룰 수 있는 그들이기에, 지금 카렌이 보이는 저 빛의 축복이 얼마나 엄청난 권능인지 절실히 알 수 있었다.

"역시 카렌 님……."

"이 무슨 엄청난 힘이란 말인가……."

빛의 윤무가 허공을 나부끼며 모든 이들을 어루만지고 축복했다. 그 속에서 신민들은 감격했고, 또 안도했다.

그들의 여왕은 여전히 건재했다. 여전히 초월적인 권능으로 신민들을 보살피고 있었다.

광채가 더더욱 강해진다. 은빛의 성광이 더욱 빛을 발해 어느새 제단 위의 카렌 이나시우스를 통째로 뒤덮을 정도까지 화한다.

어느 순간, 성광이 폭발하듯 사방으로 퍼져 나갔다.

파아아앗!

그리고 빛이 사라졌다. 밤하늘이 제 모습을 되찾았다.

카렌 이나시우스 역시 다시 어둠 속에 모습을 드러냈다. 그녀가 군중을 둘러보며 부드럽게 웃었다. 그리고 양손을 내리며 잔잔한 목소리로 말했다.

"그대들에게 한없는 달의 축복이 임하기를."

'축복의 월광'이 끝났음을 선언한 카렌이 몸을 돌려 다시 신전 안으로 걸어갔다. 흔들림 없는 그녀의 뒷모습을 보며 광장의 군중들은 침묵했다.

그들은 경건하게 고요 속에서 기원하고 있었다.

달의 여신이, 자신들의 여왕이 앞으로도 계속 자신들을 보살펴 주기를……

*　　　*　　　*

같은 시각, 어둠 속에서 요란한 발소리가 울려 퍼졌다.

탁탁탁탁!

날카로운 소녀의 목소리가 어둠 사이로 울린다.

"조심해요, 제논! 너무 흔들리는 거 아니에요?"

"시한은 한시라도 빨리 움직여야 한다고 했다, 알리타."

2미터에 달하는 거구의 기사가 긴장한 목소리로 대꾸했다. 그는 지금 품 안에 쓰러진 흑발의 미녀를 조심스럽게 안아 들고 있었다.

크론 리자테의 여교황, 카렌 이나시우스였다.

쓰러졌다… 라는 표현은 좀 애매한 것일지도 모르겠다. 지금 카렌은 쓰러진 정도가 아니었으니까.

현재 그녀는 더 이상 체내에 심장이 존재하질 않는 것이다.

호흡도 없고, 심장도 뛰지 않는 카렌의 시체를 안아 든 채 제논은 빠르게 지하로 뛰어 내려갔다.

마법의 등불이 희미하게 주위를 밝히는 석벽의 통로, 그 끝에 석실 하나가 있었다. 거의 박차듯 문을 열고 들어서며 제논이 소리쳤다.

"왔습니다, 시한!"

가부좌를 튼 채 명상에 잠겨 있던 시한이 두 눈을 번쩍 떴다.

"어서 눕혀, 제논!"

*   *   *

현재의 카렌을 치유할 방법은 하나뿐이다.

카렌과 동급의 권능을 가지고, 카렌과 동급의 신성술 운용 능력까지 지닌 이가 그녀를 치료해 주는 것.

이는 현실적으로 불가능이나 다름없었다.

카렌처럼 프린과 프레이어의 재능을 가진 이가 있을 순 있다. 물론 어마어마하게 희박한 확률이지만 세상일은 모르는 것이고, 어느 날 갑자기 천재가 하늘에서 뚝 떨어질 수도 있으니까.

또한 더더욱 희박한 확률이지만, 그 천재가 지닌 신성력조차도 카렌과 필적할 수도 있다.

하지만 아무리 하늘이 내린 재능이라도 시간만큼은 어쩔 수 없는 것이다.

카렌의 신성술 운용은 혹독한 혁명전쟁을 통해 갈고닦아졌다. 타고난 천부적 재능과 더불어, 세 자릿수에 달하는 전투와 네 자릿수에 달하는 치료 행위를 통해 수행하고 또 수행함으로써 겨우 손에 넣은 운용 능력이었다.

아무리 천재라 할지라도, 평화로운 이 시대에 저 정도의 '전투'와 저 숫자의 '환자'를 접할 기회가 있을 리 없다.

그러므로 카렌의 운명은 정해져 있었다. 단 한 번이라도 힘을 쓰면 그녀의 심장은 사라질 것이고, 그녀는 크론 리자테의 품으로 돌아가게 된다.

즉, 거꾸로 말하면 죽기 전에 '딱 한 번'은 힘을 쓸 수 있다는 소리도 되는 것이다.

그 결과가 바로 이것.

시체가 된 눈앞의 카렌을 보며 시한은 이를 악물었다.

"젠장……."

제단에서 카렌이 마지막으로 전력을 다하고 성광의 빛이 그녀를 뒤덮을 때였다.

모두의 시야에서 벗어나는 그 잠깐 사이, 가짜 카렌으로 위장하고 있던 시디아가 재빨리 카렌의 위치를 대신했다. 옆에서 대기하고 있던 제논이 쓰러진 카렌을 잽싸게 낚아채 이곳, 광장 근처 대신전의 지하실로 달려왔다.

굳이 시간을 지체하면서까지 이 지하실로 데려온 이유가 있었다. 이제부터 시한이 할 일은 남에게 들키면 곤란했기 때문이다.

알리타가 성시한과 카렌의 시신을 번갈아 보며 물었다.

"괜찮을까요, 시한?"

"해봐야지."

긴장하며 시한이 침을 꿀꺽 삼켰다. 그리고 딱딱하게 굳은 얼굴로 양손을 내밀었다.

"좋아, 간다!"

성시한은 양손으로 카렌의 두 팔을 움켜쥔 채 투기를 끌어올렸다. 무신급 소드하이어의 강대한 기운이 석실을 가득 메웠다.

"혼천기!"

칠흑의 기류가 먹구름처럼 피어올라 카렌의 시신을 뒤덮기 시작했다.

*　　　　*　　　　*

투기와 마법의 극에 달한 이계구원자 성시한이라도 지금의 카렌을 치유할 능력 따윈 없다. 카렌도 그건 잘 알고 있었다.

하지만 죽은 카렌을 다시 되살리는 건 가능하다.

이미 한 번 해봤으니까.

'하지만 이건 확실하게 성공한다고 자신할 수 있는 게 아닌데!'

혼천기가 카렌의 시신으로 스며들어 사지를 검게 물들인다. 점점 영역을 넓혀가며 그녀의 육신에 남아 있는 성스러운 권능, 신성력을 자극하기 시작한다.

시한의 이마에 식은땀이 맺혔다.

'제발 성공해라……'

원래 심장 구현에 필요한 신성력의 총량 자체는 그리 많이 필요하지 않았다. 그렇기에 카렌과의 대결 당시, 거의 바닥난 그녀의 신성력으로도 심장 구현에 성공할 수 있었던 것이다.

카렌의 신성력 총량이 100이라면 심장 구현에 필요한 양은 1이나 2 정도면 충분하다.

실버 문 찬미제 때 그 막대한 권능을 보이고도, 현재 카렌의 시신엔 상당한 수준의 신성력이 남아 있었다. 심장을 재건하는 수준의 신성력 자체는 충분한 셈이다.

'문제는 총량이 아니라 밸런스 쪽이지.'

심장이라는 복잡한 장기를 구현한 카렌의 능력은 그녀 자신의 의지가 개입된 것이 아니다. 시한의 혼천기에 자극받은 그녀의 신성력이 저절로 만들어낸 기적에 가깝다.

현대 의학에 비유하자면 멈춘 심장에 전기 충격을 가해 다시 뛰게 만든 것과 비슷하달까?

그 구현된 심장은 심각하게 위태로웠다.

실버 문 찬미제처럼 거대한 신성술을 쓰지 않는다 해도, 견습 프린 수준의 신성력만을 쓴다 해도 카렌의 심장은 버티질 못한다. 아주 사소한 신성술만 써도 저 균형이 흐트러지며 심장 구현이 깨지게 된다.

그리고 일단 심장 구현이 깨지면 카렌 자신은 그걸 다시 복구시킬 수가 없었다. 애초에 어떻게 심장 구현이 가능했는지 지금도 모르는 판이었다.

오직, 카렌의 의지 없이도 그녀의 신성력이 방향성을 띠고 그녀를 살리기 위해 움직일 경우에만 다시 심장을 되살릴 수 있다.

그것이 가능한 것은 오직 성시한의 혼천기뿐.

그래서 카렌은 요구했다.

'그때처럼 심장이 사라진 저를 시한이 다시 살려주세요.'

당시 성시한과 카렌은 둘 다 탈진 상태였다. 그 상태로도 시한은 죽어가는 카렌을 살리는 데 성공했다.

'그때에 비하면 훨씬 확실하지 않겠어요? 둘 다 완벽한 컨디션일 테니까.'

그녀의 요구에 답해 성시한은 이 지하실을 준비했다. 실은 카렌이 쓰러지자마자 바로 되살리는 것이 성공 확률이 더 높았겠지만 그럴 순 없었다.

혼천기의 기운은 너무 강하다. 아무 데서나 힘을 발하면 근처의 소드하이어나 프레이어들이 못 알아차릴 리가 없다.

단순히 시한의 정체를 감추기 위해서만은 아니었다. 고작 정체 좀 감추겠다고 사람 목숨을 위태롭게 만들 정도로 그가 멍청하진 않았다.

혼천기의 존재가 드러나면, 카렌이 건재하지 않다는 것이 알려질지도 모른다는 점이 문제였다.

'그녀의 건재함을 위장하기 위해 이 위험을 무릅쓰는 건데, 들켜 버리면 아무 소용없잖아?'

지하실에 투기의 기세를 차단하는 마법의 결계를 펼치고 시한은 기다렸다. 차분히 명상을 통해 투기를 안정화시키며 최대한 마음을 가라앉혔다.

하지만 역시 눈앞에 죽은 카렌을 보니 가슴이 들끓는다.

"젠장!"

이를 악물며 시한은 계속 혼천기를 카렌의 사지에 불어넣었다.

예전처럼 전력을 다할 필요는 없었다. 그때는 이미 탈진 상태였기 때문에 전력을 다해도 모자랐지만, 지금은 그랬다간 카렌의 신성력을 완전히 억압해 버릴 가능성이 더 컸다.

오히려 세심하게, 정밀하게 신성력이 억제되기 바로 직전까지만 힘을 조절해야 한다. 예전보다 몇 배나 더 힘든 일이다.

"으아아아아!"

기합을 터뜨리며 시한은 계속해 혼천기를 운용했다.

검은 기류가 마수처럼 거칠게 날뛰며 지하실 사방으로 맴돌다가, 조신한 처녀처럼 은근하게 카렌의 신체로 스며들어 은밀하게 침투해 간다.

마침내 흩어진 카렌의 신성력이 혼천기의 기운에 반발했다. 스스로 움직이며 생(生)의 의지를 띠고 주인을 되살리기 위해 빛을 발한다.

두근!

마침내 시한의 양손에 맥동이 느껴졌다. 식어가던 육체가 다시 온기를 띠고 새파랗던 입술이 점점 붉은빛을 머금어갔다.

카렌이 깊은 숨을 내쉬었다.

"하아……."

시한 역시 안도의 한숨을 내쉬었다.

"돼, 됐다……."

이제 더 이상 혼천기를 투입하는 건 역효과다. 양손을 떼며 그는 뒤로 털썩 주저앉았다.

"어우, 진짜 힘드네, 이거……."

카렌이 서서히 눈을 떴다. 그녀가 입술을 달싹였다.

"…제가 되살아났나요?"

"그래, 카렌."

안도한 시한과 제논, 알리타의 얼굴을 번갈아 보더니 그녀가 물었다.

"며칠이나 지났죠?"

시한이 턱으로 주위를 가리켰다.

"여기 아직 지하실이야."

그것이 대답이 되었다. 만약 그녀가 되살아나고도 한동안 혼수 상태였다면, 이 지하실에 계속 놔둘 리가 없으니까.

"의외네요? 예전엔 일어나는 데 며칠씩 걸렸는데."

조금 놀란 얼굴로 카렌은 몸을 일으켰다. 목이며 어깨를 움직여 보더니 그녀가 고개를 끄덕였다.

"하긴, 그땐 전투로 인해 많이 지친 후였으니까."

그러더니 갑자기 배시시 웃었다. 왠지 재미있다는 표정이었다.

"십여 년 전엔 그토록 목숨 걸고 싸워도 한 번도 안 죽었었는데, 지금은 두 번이나 죽어봤네요."

"…지금 농담이 나와?"

자리에서 일어나며 시한이 카렌을 노려보았다. 그가 무서운 표정으로 인상을 썼다.

"젠장, 무모해도 너무 무모했어. 두 번 다시 안 도울 거야, 이런 미친 짓은!"

"괜찮아요, 두 번 부탁하진 않아요."

그녀가 다시 시한의 도움을 필요로 할 일이 과연 언제일까? 아마도 내년의 실버 문 찬미제는 되어야 그런 일이 생길 것이다.

"그 전까진 모든 일이 마무리되겠지요."

몸을 추스르던 카렌이 잠깐 비틀거렸다. 시한이 놀라 그녀를 부축했다. 역시 몸 상태가 정상은 아니었다.

시한이 혀를 찼다.

"일단 방으로 돌아가 쉬어."

어차피 남은 일정은 가짜 카렌, 시디아가 소화할 것이었다.

애써 카렌이 미소를 떠올렸다.

"휴가네요."

*　　　　*　　　　*

이나시우스 교국과 라텐베르크 왕국, 테오란트 왕국은 동맹을 체결하고 상호 방어 조약을 맺었다. 상대적으로 약해진 두 왕국이 2강 중 하나인 이나시우스 교국을 등에 업음으로써 위태롭던 대륙의 균형이 간신히 제자리를 되찾았다.

하지만 이 균형은 이나시우스 교국이 흔들리면 함께 붕괴하는 위태로운 것이기도 했다.

이것이 카렌 이나시우스가 목숨까지 걸어가며 실버 문 찬미제를 통해 자신의 건재함을 만방에 증명한 이유였다.

밤의 눈동자 상층부의 한 작은 방.

최측근 시종인 시디아의 침실에서 카렌 이나시우스는 서류를 살펴보고 있었다.

"흐음, 무리한 보람이 있는 것 같네요."

시디아가 가짜 카렌으로서 여왕의 대리를 맡고 있는 동안 카렌은 가짜 시디아로 신분을 위장 중이었다. 현재 시디아는 공식적으로 '몸살감기'에 걸려 휴가를 받은 것으로 되어 있으니, 현재 카렌 옆에는 성시한 외 다른 사람은 없었다.

시한에게 카렌이 서류의 내용을 알려주었다.

"팔로스 왕국은 조용해요."

긴급 전시 체제를 갖추고 수도로 병력을 모으던 레비나 여왕은 실버 문 찬미제 이후 그 이상의 군사적 움직임을 보이지 않았다. 그저 수도 방위 태세를 굳건히 한 채 상황을 지켜보고 있었다.

"만약 제가 공식적으로 퇴위했다면, 저 병력이 이대로 라텐베르크 왕국이나 이나시우스 교국으로 향했겠지요?"

"글쎄, 그건 모르는 일이지."

성시한은 고개를 저었다.

카렌은 레비나의 움직임이 침공을 위한 사전 작업으로 여긴 모양이지만, 시한 입장에선 다른 해석도 있다.

"애당초 내 존재를 예감하고 대비한 것이라면, 처음부터 수도 방위를 굳건히 하는 게 목적이었을 테니까."

"어느 쪽이건 결과는 같으니까 상관없어요."

카렌은 홀가분한 표정을 지었다.

이걸로 당장 급한 불은 껐다. 자신의 건재함을 알렸으니 레비나는 물론이고, 사파란과 릴스타인도 당분간 현 상황에서 뭔가 다른 짓을 할 엄두는 내지 못할 것이다.

"이 틈에 레비나를 파고들 틈을 찾아볼게요."

그때였다.

갑자기 서두르는 발소리와 함께 방문이 활짝 열렸다. 우아한 여왕의 옷차림을 하고 있는 여인, 시디아였다.

카렌을 보자마자 시디아가 황급히 외쳤다.

"폐, 폐하!"

놀란 얼굴로 카렌은 시디아를 돌아보았다.

현재 시디아는 여왕의 대역을 하고 있다. 시종 차림을 하고 있는 카렌에게 폐하라는 호칭을 붙여서는 안 되는 것이다.

'그런 기본적인 사항조차 잊을 정도로 당황한 태도라니?'

긴장하며 카렌이 물었다.

"무슨 일이지?"

시디아가 침을 꿀꺽 삼켰다. 그리고 굳은 목소리로 대답했다.

"…릴스타인 왕국이 선전포고를 해왔습니다, 폐하."

Chapter 4

2차 카곤 전쟁

한때 제국의 4대 지방 도시 중 하나, 사우스 클라니움이었던 대륙 최대의 교역 도시 카곤 시티.

　이 거대한 도시는 그 규모 못지않게 수많은 이권이 오가는 황금의 땅이었다. 이 도시를 차지하게 된다면 그 나라는 족히 육왕국의 으뜸이 될 수 있었다.

　당연히 혁명 6영웅 모두 카곤 시티를 탐냈다.

　하지만 지리적 위치상 사파란 왕국과 팔로스 왕국, 테오란트 왕국은 카곤 시티에 대해 영향력을 행사할 방법이 없었다. 그리고 젝센가드 같은 경우는 자기 나라 관리하기도 벅차 카곤 시티까지 손 뻗을 여력이 없었다.

그래서 동서로 인접한 이나시우스 교국과 릴스타인 왕국이 도시의 소유권을 두고 다퉈왔다. 일단 카곤 시티를 중립 도시 체제로 두고 임시 시장을 선출해 관리하는 한편, 어느 쪽이 이 도시를 차지할 것인지에 대해 몇 년에 걸쳐 갑론을박을 벌였다.

릴스타인이야 그렇다 치고, 별 욕심이 없는 카렌 이나시우스조차도 카곤 시티만큼은 포기하려 하지 않았다.

단순히 돈의 문제가 아니었다.

원래 카곤 시티는 전통적으로 갈렌 민족의 터전이었다. 그것을 루스클란 제국이 사우스 클라니움을 세우고 교역 도시화하며 지금처럼 수많은 인종의 집합체 도시로 바꾼 것이다.

역사적 전통 때문에 그녀는 카곤 시티를 이나시우스 교국이 아닌 다른 왕국의 영토로 놔둘 수가 없었다.

육왕국 시대가 열리고 8년째, 결국 기나긴 입씨름은 실질적인 무력행사로까지 번졌다.

릴스타인 왕국이 먼저 군사를 일으켜 카곤 시티로 진군했다. 이나시우스 교국 역시 바로 받아쳤다.

양국의 선봉대가 카곤 시티 앞의 광활한 분지에서 서로 마주했다. 칼을 뽑아 들기만 하면 국가 간 전쟁이 시작될 판이었다.

그 일촉즉발의 상황을 막은 것이 사파란이었다.

그는 젝센가드를 설득해 두 나라에게 선언하게 했다.

─우정의 이름으로 두 친우에게 고한다. 그대들 중 누구라도 먼저 카곤 시티를 밟는 자는 젝센가드 왕국의 적이 될 것이다!

동시에 사파란이 릴스타인 왕국을, 레비나가 이나시우스 교국을 압박하니 두 나라 모두 더 이상 고집을 피울 수 없게 되었다.

군대가 물러나고 정식으로 협정이 맺어졌다.

카곤 시티는 육왕국 모두의 인정을 받아 중립 지역으로 남았다. 대신 일정한 세금을 릴스타인과 카렌, 젝센가드에게 지불하는 대가를 치르게 되었다.

이후 카곤 시티는 육왕국 어디에도 속하지 않고 독립적인 길을 걸어왔다.

그런데 이제 와서 갑자기 릴스타인이 태도를 바꾼 것이다.

─오랜 친우에게 고한다. 협정을 파기하고, 카곤 시티의 소유권이 짐에게 있음을 선언하노라!

릴스타인 왕국의 주력인 홍룡기사단 30여 기와 50여 명의 소드하이어, 40여 명의 전투 마기언, 그리고 3,000의 군세가 카곤 시티로 진군을 시작했다.

2차 카곤 전쟁의 발발이었다.

                    *   *   *

　카렌은 바로 여왕의 자리로 복귀했다. 평상적인 업무야 시
디아도 처리할 수 있겠지만 이런 큰일을 그녀에게 맡길 수는
없었다.

　회의장의 왕좌에 앉아 카렌이 대신들을 둘러보며 명했다.

　"모두의 의견을 듣겠다. 고하라."

　신하들은 서로를 바라보며 머뭇거렸다. 의견을 내고 싶어도
그들 역시 이 상황이 영 파악이 되지 않은 것이다.

　하지만 여왕이 명했는데 이대로 침묵만 지키고 있을 수도
없는 노릇.

　대신 한 명이 슬그머니 입을 열었다.

　"…도무지 이해가 가지 않습니다."

　릴스타인이 카곤 시티를 탐내는 것은 당연히 이해할 수 있
다. 하지만 지금 상황에서 움직이는 건 앞뒤가 맞지 않는다.

　"정세상으로나 전력상으로나, 지금 릴스타인 왕국의 움직임
은 패착에 불과합니다."

　현 이나시우스 교국은 충분히 안정적인 상태였다. 경제력도
군사력도 전혀 흔들리지 않았다.

　딱히 무슨 변화가 있는 것도 아닌데 왜 이 타이밍을 노렸는

지 알 수가 없었다.

또한 릴스타인 왕국 북쪽엔 호시탐탐 그를 노리는 사파란 왕국이 인접해 있다.

이나시우스 교국을 도모하느라 병력이 분산된다면 사파란 왕국에게 뒤통수를 맞을 위험이 너무 크다.

카렌이 희미하게 웃었다.

"짐이 아는 사파란이라면 이 기회를 놓치지 않겠지."

남 잘되는 꼴 보기 싫다는 식의 저열한 이유가 아니다. 릴스타인 왕국이 강력해지면 그만큼 인접한 나라의 위험도가 올라간다.

상황이 반대였다면 카렌도 분명 뒤통수를 쳤을 것이다.

그것이 왕 된 자의 도리인 법이니까.

"저도 그렇게 생각합니다, 폐하."

카렌의 말에 대신은 동의의 뜻을 표했다. 그리고 더욱 난감해했다.

"하지만 릴스타인 국왕은 그걸 모를 정도로 어리석은 인물이 아니지요."

최강의 마기언, 저 현명한 적색의 릴스타인이 이런 간단한 정세조차 파악 못 하고 충동적으로 군사를 일으켰을 리가 없다.

의견을 내다 말고 대신이 피식 웃었다.

"…젝센가드라면 몰랐을 수도 있겠지만 말입니다."

회의장에서 작은 웃음소리가 들렸다. 모두 혁명전쟁 출신들이었다.

조금의 미소조차 없이 카렌이 고개를 끄덕였다.

"그대의 말이 옳도다. 그럼 이건 무슨 의도이겠느냐?"

누군가가 조심스레 의견을 냈다.

"라텐베르크 왕국의 전력을 가늠해 보고자 하는 의도일 수도 있습니다."

이나시우스 교국과 라텐베르크 왕국, 테오란트 왕국은 현재 동맹을 맺었다. 타국에 대한 침략은 인정하지 않되, 혹여 침공당하게 되면 삼국이 힘을 합치는 상호 방위 조약이었다.

얼마 전까지야, 젝센가드도 도살자 다스발트도 잃고 약화된 라텐베르크 왕국을 신경 쓸 이유가 없었겠지만…….

"현재는 창천기사단이 라텐베르크에 몸담았으니까요."

과거 이계구원자의 직속 부대 창천기사단이 켈테론 기사단이 되어 라텐베르크 왕국에 자리 잡았음은 이미 대륙 전역에 알려졌다.

더 이상 대륙 최강은 아니더라도 여전히 창천기사단은 무시할 수 없는 강력한 전력이다.

"테오란트 왕국은 지리적인 문제로 카곤 시티까지 군사를 보낼 수 없지요. 그리고 흑사자 기사단은 과거의 힘을 상당히 잃었으니, 라텐베르크가 원군을 보낸다면 역시 창천기사단일 겁니다."

켈테론 기사단이라 새롭게 명명되었지만 아무도 그렇게 부르는 사람은 없었다. 사람들의 인식 속에서 그들은 여전히 이계구원자의 창천기사단이었다.

"창천기사단의 현 전력을 파악하려는 목적으로 군사를 일으킨 것이라면 어느 정도 납득은 갑니다만……."

그때 다른 대신 하나가 반대 의견을 펼쳤다.

"그렇다고 보기엔 병력이 너무 적습니다."

만약 라텐베르크 왕국으로부터 원군을 끌어낼 속셈이라면 좀 더 대군을 동원해 확실하게 원조를 청하게 하는 편이 옳다.

"혹시 삼국동맹의 결속력을 시험해 보려는 것이 아닐까요?"

나이 든 대신이 고개를 저었다.

"그 경우엔 또 병력이 너무 많다오."

현재 카곤 시티로 진군 중인 릴스타인 왕국군은 홍룡기사단 30여 기와 50여 명의 소드하이어, 40여 명의 전투 마기언, 그리고 3,000의 정규군으로 이루어져 있었다.

홍룡기사단은 한때 제논이 속해 있던(사실은 지금도 속해 있긴 하다. 서류상 제논은 백의종군 중이지, 기사단에서 퇴역한 것이 아니다) 릴스타인 왕국 최강의 왕실 기사단이다.

그 최강의 전력을 30여 기나 투입했고 거기에 저만큼의 병력을 덧붙였다.

이 정도의 군사력을 카곤 시티에 투자하면 그만큼 사파란 왕국을 상대할 전력이 비게 되는 것이다.

"만약 릴스타인 국왕이 삼국동맹의 결합을 시험해 볼 목적이었다면 이보다 훨씬 적은 병력을 일으켰을 걸세."

릴스타인 왕국이 충분한 군세를 동원한다면, 실제로 사이가 좋건 나쁘건 라텐베르크 왕국은 무조건 원군을 보내야 한다. 국가 간 약속이니까.

하지만 국지전 수준의 전력, 원군을 보내기 애매한 경우라면 라텐베르크 입장에서 주판을 튕겨보게 될 것이고(어쨌든 전쟁이란 돈이 깨지는 행위니까), 그 반응에 따라 삼국동맹의 실질적인 결속력을 간접 유추할 수 있는 것이다.

"저 목적이라면 현 병력의 절반만으로도 충분한데, 굳이 위험을 무릅쓸 이유가 없지."

물론 이는 어디까지나 릴스타인이 실제로 싸울 의향은 없고, 상황 봐서 바로 군대를 물릴 것이라는 가정하에서 나온 의견이었다. 그래서 회의실 뒷줄에 앉아 있던 젊은 신하가 물었다.

"그럼 정말로 카곤 시티를 도모하려는 것일지도 모르지 않습니까, 스펠린 공?"

"아까부터 계속 오락가락하려니 쑥스럽긴 한데, 그렇다고 보기엔 또 병력이 너무 적다는 게 문제라네, 라마인 경."

저 전력으로 카곤 시티를 점령하는 것이야 일도 아니겠지만 이어질 이나시우스 교국의 공세를 감당하려면 또 부족한 수준이다.

"우리가 움직이면 릴스타인 왕국도 후속 부대를 투입해야 할 것이고, 그럼 사파란 왕국과의 국경선에 구멍이 뚫리겠지."

이후로도 몇몇 대신이 몇몇 견해를 내놓았다. 국가 간의 정세란 게 워낙 복잡한 것이다 보니 예측도 한둘이 아니었다.

하지만 그 어떤 것도 현 상황을 명확하게 설명해 주는 의견은 없었다.

"음……."

카렌은 신음하며 생각에 잠겼다.

결국 이해할 수 없는 점은 하나였다.

현재 릴스타인 왕국의 전력으로는 결코 이나시우스 교국을 누를 수 없다. 사파란 왕국을 대비할 수도 없다.

그런데 마치 그렇게 할 수 있는 것처럼 움직이기 시작했다.

'뭔가 숨은 수가 있는 건가?'

하여튼 한 가지만은 확실했다.

무엇이든 확인해 보기 전엔 아무것도 알 수 없다는 것.

카렌은 결정을 내렸다.

"카곤 시티는 교국의 우방, 그들의 위기를 그냥 볼 수는 없다. 군사를 준비하라."

또한 그녀는 라텐베르크 왕국에 굳이 원군을 청하지 말라고 명했다.

"무엇을 노리는 것인지는 모르겠지만, 교국의 힘만으로도 감당할 수 있는데 굳이 릴스타인에게 동맹의 전력을 노출시킬 이유는 없을 터."

합리적인 결정이었다.

대신들이 일제히 고개를 숙였다.

"알겠습니다, 여왕 폐하."

*   *   *

현재 성시한의 공식적인 신분은 켈테론 기사단의 신임 단장, 션 스테인이었다. 사적인 이유로 이나시우스 교국을 방문했고 시디아와 개인적인 친분이 있어 밤의 눈동자에서 그녀의 손님으로 머무르는 중인 걸로 되어 있었다.

예전에도 션 스테인은 교국의 여러 귀족들과 친분을 다지려 노력했던 전적이 있었으니 그런 모습을 이상하게 여기는 이는 아무도 없었다.

덕분에 성시한은 남의 눈 신경 안 쓰고 카렌과 만날 수 있었다.

방으로 돌아온 카렌을 보며 시한이 좀 의외라는 표정을 지었다.

"여왕일 때는 고압적인 말투를 쓰더라, 카렌?"

상황을 파악하기 위해 잠형기를 구사하고 회의실을 몰래 살펴보았던 것이다. 부끄러워하며 카렌이 얼굴을 붉혔다.

"그게, 갑자기 말투를 바꾸면 의심을 살 수도 있으니까……."

건국 초반엔 카렌도 예전 습관처럼 모두에게 높임말을 썼었다. 단지 시간이 지나고 죄책감에 괴로워하며 무심을 가장하다 보니 말투도 여왕답게 바뀌었을 뿐.

이후 실버 문 찬미제 정도를 제외하면 계속 시디아가 여왕 노릇을 했었고 고압적인 말투 역시 유지되어 왔다.

그런데 이제 와서 갑자기 태도를 싹 바꾸면 곤란하겠지.

"뭐, 그것도 나쁘진 않던데."

성시한은 어깨를 으쓱거렸다. 시디아가 여왕의 자리에 있었을 때와는 확실히 느낌이 달랐다.

"그땐 그냥 아, 여왕이구나 싶었는데, 지금은 아, 카렌이 여왕이 되었구나라는 느낌이었어."

"…그게 무슨 차이가 있는 건데요?"

"그냥, 여왕 자리도 잘 어울린다고."

손을 저으며 시한이 화제를 돌렸다.

"그나저나 릴스타인은 진짜 무슨 속셈인 거지?"

회의장의 대신들은 정황을 알지 못해 온갖 예측을 내놓았다. 하지만 그 예측에는 한 가지 가정이 빠져 있었다.

카렌 이나시우스가 힘을 잃었으니, 실은 릴스타인 입장에서도 군사를 일으킬 만한 기회일 수 있었다.

"하지만 릴스타인은 그 사실을 모르지."

실버 문 찬미제로 그녀의 건재함을 위장했으니 카렌에게 뭔가 일이 생겼을 거라곤 생각지 못할 것이다.

"그렇다고 뭔가 감 잡은 것도 아닌 것 같고?"

만약 심증상으로 카렌의 변화를 느꼈다면, 그래서 그걸 확인하고자 한 짓이라면 릴스타인이 몸소 나섰을 터였다.

혁명 7영웅인 릴스타인이 모습을 드러낸 이상 교국 역시 카렌 이나시우스가 직접 나서야 저울추가 맞는다.

만약 카렌이 움직이지 않는다면, 그 사실을 통해 그녀의 신상에 일이 생겼을 거란 유추를 할 수 있는 것이다.

"아니면 혹시 릴스타인이 그동안 전력을 크게 강화하기라도 한 건가?"

시한의 추측에 말도 안 된다며 카렌이 손을 저었다.

"에이, 우리 나라 정보부가 그렇게 무능하진 않아요."

일국의 전력이란 건 하루아침에 꽉 강해질 수 없다.

군대란 건 그 수를 늘릴수록 필요한 물자 이동이나 예산이 수반되게 마련이며, 소드하이어나 마기언도 경지에 오르기까지 많은 시간을 필요로 한다.

그런 국가적 단위의 움직임은 아무리 숨기려 해도 숨길 수 있는 것이 아니다. 철저히 숨기려는 행위 자체가 또 다른 움직임을 낳게 되니까.

열 명은 은밀히 움직일 수 있어도 만 명은 은밀히 움직일 수 없는 것과 같은 이치다.

"소드하이어나 마기언을 붕어빵처럼 찍어내는 게 아닌 바에야, 전력을 숨기고 있어도 오차 범위는 10%를 넘지 않아요."

카렌의 말에 시한이 실소를 흘렸다.

"잘도 그 비유를 쓰네? 정작 붕어빵이 뭔지도 모르면서."

"시한이 자주 쓰던 비유였지요?"

하여튼 성시한의 결론도 카렌과 그리 다르지 않았다.

정황상으로 유리할 것이 없으니, 군이 릴스타인이 저런 짓을 할 이유가 없다.

그런데 했다.

왜일까?

전혀 모르겠다.

"…하긴 내가 알 리가 없지? 원래 이런 전술 전략 쪽이 젬병이었는데."

시한은 머리를 벅벅 긁었다.

"하여튼 골치 아프게 됐네."

카렌이 부드럽게 웃었다.

"괜찮아요, 팔로스 왕국 쪽도 계속 파악할 테니까."

"아니, 카렌이야말로 그쪽에 신경 써야 하지 않아? 나랏일이 중요한데……."

"말했잖아요? 시한을 위해서라면 무엇이든 하겠다고."

그날의 사투 이후, 카렌은 성시한의 복수를 최대한 돕겠다고 했다. 비록 힘을 잃어 직접적으로 뭔가 할 순 없지만 여왕으로 있는 동안 할 수 있는 것을 하겠다고.

'배신자인 저에게 과연 그럴 자격이 있는지는 모르겠지만, 그래도 만약 시한이 허락한다면…….'

시한 입장에서도 거부하기 힘든 제안이었다.

사실 그에겐 카렌의 전투력이 그리 필요가 없었다.

그의 복수는 개인적인 것이고 홀로 행해야 할 일이다. 배신자들에게 대가를 받아내는 것은 오직 시한 자신만의 몫이다.

하지만 배신자들은 강대한 권력과 수많은 부하, 두터운 성벽으로 보호받고 있었다. 그 보호를 뚫어야만 비로소 배신자들과 일대일로 마주할 수 있는 것이다.

카렌 개인의 능력보다는 그녀의 여왕으로서의 권력이 오히려 지금의 성시한에겐 훨씬 도움이 된다.

카렌이 담담하게 말을 이었다.

"시한이 이 일에 신경 쓸 필요는 없어요."

릴스타인이 직접 출전했다면 이야기가 좀 다르겠지만, 지금 시점에서 이는 단순히 테라노어 내의 권력 다툼이다. 역사가 흐르며 자연스럽게 일어나게 되는 국가 간 분쟁일 뿐이다.

"릴스타인의 선전포고는 저와 릴스타인의 문제예요. 이나시우스 교국과 릴스타인 왕국만의 문제지요."

이 다툼으로 인해 벌어지는 사건과 흐르는 피는 성시한에겐 아무 책임이 없다.

"그러니 시한은 자신의 일에 전념하세요."

진심으로 카렌은 성시한을 전력으로 도울 생각이었다. 그일이 복수든, 용서든, 혹은 시한 개인의 영달을 위한 것이건 전혀 상관할 생각이 없었다.

그저 그가 원하는 바대로 행한다.

그것이 그녀가 택한 속죄의 방식이니까.

*   *   *

릴스타인 왕국의 무력 도발에 이나시우스 교국은 강력하게 대처했다.

여왕 직속의 신전기사단, 청월기사단이 무려 50기나 투입되었다. 릴스타인의 홍룡기사단과 맞먹는 강자들로 전원 혁명전쟁 시절부터 잔뼈가 굵은 전투의 베테랑이었다.

거기에 기사급과 달인급의 소드하이어가 50여 명, 그리고 그에 필적하는 실력의 성전사가 80명에 전투 마기언도 50명 가까이 투입했다. 혹여 릴스타인의 영향력을 신경 써 달의 교단에 대한 신앙심이 깊은 마기언만을 고르는 치밀함도 보였다.

이들이 6,000의 정예병을 이끌고 카곤 시티로 향하게 되었다.

이것만으로도 충분히 진군해 오는 릴스타인 왕국군을 크게 웃도는 전력이다.

카렌 이나시우스는 거기에 마지막 쐐기도 박았다.

"프레이어 클레르망, 크론 리자테의 이름으로 명하노니, 이들을 이끌고 나가 승리하여 짐과 교국을 기쁘게 하라!"

"명심하겠습니다, 나의 여왕이시여!"

청월기사단 단장 프레이어 클레르망은 백금(白金)의 위계에 오른 달의 교단 최강의 성전사였다.

소드하이어처럼 일월성신의 교단 역시 프레이어의 기량을

가늠하는 특유의 등급이 있다.

이는 순철, 적동, 청은, 황금, 백금의 다섯 위계로 나뉘며 각각 종자급, 투사급, 기사급, 달인급, 초인급 소드하이어와 대비되었다.

무신급에 대비되는 위계가 없는 이유가 좀 슬픈데, 일월성신의 유구한 역사 속에서도 한 번도 그런 강자가 나오질 않아서였다(카렌의 경우는 특이한 케이스라 제외되었다).

하여튼 백금위의 프레이어라면 초인급 소드하이어와 비견되는 강자 중의 강자, 릴스타인 왕국에서 그를 상대할 이는 오직 홍룡기사단장 하이어 엔다윈밖에 없다.

하이어 엔다윈은 여전히 릴스타인 왕국을 떠나지 않았으니 진군해 오는 릴스타인 왕국군에 클레르망을 상대할 강자는 존재하지 않았다.

압도적인 전력 차였다.

그래서 성시한은 걱정했다.

"이 정도의 병력을 빼도 괜찮은 거야?"

릴스타인 왕국과 이나시우스 교국의 전력은 거의 대등하다. 그리고 릴스타인은 사파란 왕국을 대비할 병력까지 일부 빼가면서 이 무력 도발을 일으켰다.

그런데 이나시우스 교국은 그 이상의 병력으로 반격했다. 그 말은 교국 측의 다른 방어망이 크게 약화되었다는 의미인 것이다.

"팔로스 왕국은 어쩌고? 이러다 레비나가 밀고 내려오기라 도 하면……."

카렌이 괜찮다는 표정을 지었다.

겉보기엔 무리하게 군사를 일으킨 것처럼 보이지만 속내를 알고 보면 상황이 달랐다.

"팔로스 왕국 쪽 대비는 건재해요."

"어떻게 그럴 수가 있어? 이나시우스 교국이 릴스타인 왕국 보다 여력이 많은 것도 아니라며?

"그야, 저들은 젝센가드 왕국을 견제하던 병력들이거든요."

그러나 현재 젝센가드 왕국은 없다. 신생 라텐베르크 왕국 이 있을 뿐이지.

"라텐베르크 왕국은 신경 쓸 필요가 없잖아요?"

현재 이나시우스 교국은 라텐베르크 왕국과 동맹 관계인 것이다.

물론 동맹을 맺었다 해도 평범한 상황이라면 카렌 역시 라 텐베르크 쪽 국경을 싹 비워 버릴 순 없었을 것이다.

국가 간 조약이란 어기면 그냥 휴지조각일 뿐이다. 타국의 말만 믿고 '약속했으니 지키겠지'라고 안일하게 생각한다면 일 국의 군주가 될 자격이 없다.

아무리 동맹을 맺었다 해도 만일을 대비해 병력은 배치해

놓아야 한다.

"하지만 지금은 평범한 상황이 아니죠."

라텐베르크 왕국은 재상 켈테론의 손아귀에 들어갔다. 왕국 내 그의 영향력이 실로 크니, 아무리 아인츠 1세라도 켈테론을 무시한 채 멋대로 군사를 일으킬 순 없다.

"그 켈테론이 시한의 손아귀에 들어가 있지요."

카렌은 부드러운 미소를 띠었다. 이계구원자가 배후에 있는 만큼 뒤통수 맞을 걱정 따위는 전혀 없는 것이다.

"아마 릴스타인도 이런 상황은 예상하지 못했겠죠. 시한이 돌아온 걸 모르고 있을 테니까."

"과연, 릴스타인 입장에선 교국이 이 정도 전력으로 받아칠 거라곤 생각도 못 했겠네."

이해한 성시한은 고개를 끄덕였다.

"그럼 저쪽이 어떻게 나올지도 대충 답이 보이는군."

카곤 시티로 향하는 릴스타인 왕국군과 이나시우스 교국군의 총 전력 차는 거의 세 배에 달했다. 교국이 패하는 쪽이 비현실적일 정도로 큰 격차였다.

"적당히 분위기 보다가 그냥 물러나려나?"

"그럴 거라 생각해요. 이길 가망이 없을 테니."

역사적으로야 천재적인 지휘관이 몇 배나 되는 병력을 신묘한 전술로 물리치고 하는 경우도 있지만, 그건 말 그대로 역사에 남을 정도로 드문 일이다.

보통은 전력 차가 곧 승패의 결과로 이어지는 법이지.

"그래도 혹시 모르지. 한국 역사 속엔 배 12척으로 적선 130척을 물리친 명장도 있는데?"

"에이, 그건 그냥 신화잖아요?"

"아니, 신화가 아니고 분명히 역사적으로 증명된 사실인데……."

"그게 실화라고요? 그 장수가 무신급 소드하이어쯤 되었나 보죠? 아니면 대규모 정신 지배라도 걸었다든가?"

"아니, 그냥 일반인. 심지어 건강도 안 좋으셨지. 알잖아? 지구엔 투기도 마법도 없어."

"…그런데 무슨 수로 저 전력 차를 이겨요? 한국 배는 하늘이라도 날아다니나?"

"날아다니는 정도는 아니었어도 배 성능 차이도 꽤 났고, 지리적 요인도 있었지."

어쨌거나 현 릴스타인 왕국군의 승산이 희박하다는 점은 사실이었다. 그래서 두 사람은 이후의 향방에 대해 논의하기 시작했다.

"문제는 이 국지 도발이 전면전이 되느냐, 아니냐겠네?"

"그렇죠, 하지만 사파란과 손을 잡지 않은 이상 릴스타인은 여기서 더 병력을 추가할 여력이 없을 거예요. 그런데……."

문득 카렌이 싸늘한 웃음을 떠올렸다.

"과연 릴스타인이 사파란과 손을 잡았을까요?"

시한이 의아해하며 물었다.

"잡았을 수도 있지 않아? 서로가 필요하다면야……."

"네, 잡았을 수도 있죠."

대꾸하며 카렌이 의미심장하게 덧붙였다.

"…서로 완벽하게 신뢰할 수야 없겠지만 말이죠."

현재 릴스타인 왕국과 사파란 왕국 사이에 공식적인 동맹 조약은 선포되어 있지 않았다. 만약 손을 잡았다 해도 비밀리에 행했을 것이란 의미였다.

"그 경우라면 서로 신뢰할 수 있을 리가 없어요."

공식적인 조약이라면 그 자체로 강제성이 있다.

국왕의 행사는 결코 가벼워선 안 된다. 공식적으로 약속을 하고 그걸 어기는 모습을 보인다면 신뢰성을 크게 잃게 될 것이고, 종국엔 왕의 지도력 자체가 흔들리게 된다.

하지만 비밀 조약을 어긴다고 무슨 큰일까지는 생기지 않는다.

그런 일 없었다고 잡아떼면 그만이니까.

"설마 두 사람이 손을 잡았다 해도, 상대를 믿고 완전히 등을 비울 수 있을 리가 없어요."

카렌의 단언에 시한이 불현듯 한숨을 쉬었다.

"하아, 거참……"

옛 생각이 나서였다.

"십여 년 전만 해도 우린 누구보다도 서로 믿고 의지하던 사이 아니었나? 아무리 권력이 사람을 바꾼다지만 이렇게까지 될 수 있는 거야?"

"그건……"

카렌이 씁쓸한 표정을 지었다.

그녀는 자신들, 혁명 6영웅이 이렇게 된 이유를 알고 있었다.

성시한을 배신했기 때문이다.

한 번 배신한 자는 두 번 배신할 수 있다는 것, 한 친구를 배신했으니 다른 친구를 배신할 수도 있다는 걸 깨달아 버렸다.

카렌은 슬프게 뇌까렸다.

"타인을 배신한다는 건 곧 자신을 배신하는 행위이기도 하죠. 당시 우리는 그걸 몰랐어요."

*　　　*　　　*

릴스타인의 무력 도발에 대응하는 한편, 카렌은 팔로스 왕국의 움직임을 각별히 유심히 살폈다.

원교근공(遠交近攻)이라는 말이 있다. 먼 나라와는 친하게 지내고 가까운 나라는 공격한다는 의미다.

언제 등을 노릴지 모르는 만큼 릴스타인은 사파란을 신경 쓰지 않을 수 없었다. 반면 팔로스 왕국과 릴스타인 왕국 사이엔 라텐베르크 왕국과 이나시우스 교국이 걸쳐 있으니 상대적으로 레비나에게 뒤통수 맞을 일은 적었다.

릴스타인의 무력 도발에 뭔가 숨은 뜻이 있다면, 그건 사파란보단 레비나와 손잡았을 가능성이 큰 것이다.

그리고 이는 성시한 입장에서 나쁜 이야기가 아니었다.

만약 레비나가 배후라면 이 무력 도발을 틈타 뭔가 움직임을 보일 것이다. 그 와중에 그녀의 경계가 풀릴 수 있고, 그럼 성시한이 파고들 절호의 찬스가 된다.

그것을 기대하며 시한은 계속 기회가 오길 기다렸다.

밤의 눈동자에서 나와 왕도에 따로 거처를 마련한 뒤, 몸을 단련하고 듀란의 유품인 루스클란 소환술을 꾸준히 해독하며 시간을 보냈다.

하지만 상황이 어째 예상 밖이었다.

레비나는 움직이지 않았다.

여전히 모든 군세를 왕도에 집결시키고 방어 체제를 갖춘 채 거북이처럼 몸을 웅크리고 있을 뿐이었다.

릴스타인의 무력 도발이 일어나고 보름째.

오늘도 성시한은 하릴없이 시간을 보내고 있었다.

"이거 영 기회가 안 오네? 차라리 사파란을 먼저 노릴까?"

릴스타인 같은 경우엔 아직 시기가 좋지 않다. 카렌의 말대로라면 그는 이계의 존재에게도 테라노어의 마법을 통용시키는 방법을 개발했을 수 있었다.

'아니, 틀림없이 개발했겠지?'

카렌도 그 연구 결과를 통해 성시한에게 테라노어의 질병을 감염시킬 수 있었으니까.

그러니 좀 더 정보가 필요하다.

만약 릴스타인의 마법이 성시한에게도 통용된다면 그는 더이상 만만한 상대가 아니다. 오히려 최악의 적수가 되어버린다.

하지만 같은 플로어 마스터라도 사파란은 그 방법을 모를 가능성이 컸다.

"릴스타인이 무슨 수를 써서라도 사파란에겐 그 비밀을 지켰을 테니까 말이지."

물론 카렌이 눈치챈 사실이니 사파란도 어쩌면 눈치챘을 수 있다. 둘 다 일국의 왕으로 국가급 정보력을 지니고 있으니까.

하지만 카렌은 그럴 가능성은 낮다고 보았다.

'흑색 상아탑의 모든 기밀 유지는 백색 상아탑을 상대로 한 것이었어요. 반면 이나시우스 교국 쪽은 별로 신경 쓰지 않았죠. 애초에 전 마기언도 아니니까요.'

그 틈에 용케 입수할 수 있었던 정보라고 했다. 그러니 사파란은 이계의 존재에게 마법을 구사할 수 없을 것이다.

"하지만 그렇다 해도 일국의 왕씩이나 되니 영 자리 만들기가 힘들단 말이지……."

시한이 소파에 드러누워 구시렁거렸다. 옆에서 열심히 마루를 닦던 제논이 문득 돌아보며 물었다.

"그런데 시한, 백색의 사파란이 그렇게 까다로운 존재입니까?"

사파란의 군대를 염려하는 건 이해가 간다. 그렇다 해도 일단 얼굴 마주하면 쉽게 처리할 수 있는 것 아닌가?

"그럼 그냥 몰래 왕궁 침투하거나 해서 암습할 수도 있잖습니까?"

젝센가드나 테오란트, 레비나, 카렌 같은 경우엔 함부로 암습할 수가 없었다. 일격에 처리하지 못하고 그 자리에서 전투를 벌이게 되면 상대의 안방에서 수많은 적들에게 둘러싸이는 꼴이 될 테니까.

성시한이 밤의 눈동자로의 침투를 결심한 건 어디까지나

상대가 가짜 카렌이라는 확신이 있어서였다.

"하지만 사파란은 시한 상대로는 아무 짓도 못하잖습니까? 일반인이나 다름없을 텐데⋯⋯."

성시한은 쓴웃음을 지었다.

"그게, 릴스타인이나 사파란은 다른 친구들과 달리 자기 집 경비 태세가 보통이 아니거든."

왕궁의 경비가 투철한 건 육왕국 모두 마찬가지지만 특히나 릴스타인 왕국과 사파란 왕국은 그 정도가 과했다.

플로어 마스터이자 상아탑주가 왕인 곳이다. 생산자 측이니만큼 똑같은 예산을 들여도 타국에 비해 몇 배나 많은 경계용 결계나 마도구를 배치할 수 있다.

더구나 마기언이란 직업 특성상 둘 다 경계심도 보통 많은 게 아니었다. 그래서 저 릴스타인과 사파란은 다른 왕들보다 왕궁 경계에 더 많은 예산을 투자하고 있었다.

"밤의 눈동자는 침투할 만했는데, 릴스타인이나 사파란 쪽은 무리야. 아무래도 걸릴 가능성이 너무 높아."

"마도구가 문제가 됩니까? 어차피 시한에겐 마법이 안 통하잖아요?"

"뭔가 오해하고 있군, 제논. 이계의 존재에게 마법이 안 통한다는 건 그런 뜻이 아니야."

시한이 몸을 일으켰다.

"정확히는 이계의 존재를 '대상으로 한 마법'이 안 통하는 거야. 그러니까 다른 물건을 대상으로 한 간접적인 마법은 통해."

이계의 존재를 향해 마법의 칼을 만들어 날리면 전혀 통하지 않는다.

하지만 실존하는 칼날에 염동 마법을 걸어 날리면 그 칼에는 베인다.

"마법의 냉기는 이계의 존재에게 통하지 않지. 그러나 그 냉기로 물을 얼리면, 얼음에 이계의 존재가 갇힐 순 있어."

"아? 시한에게 닿는 순간 모든 마법이 풀린다거나 하는 식이 아니었습니까?"

제논의 질문에 성시한이 실소했다.

"야, 그런 식이면 내가 디재스터를 어떻게 쓰겠냐? 쥐는 순간 마법이 풀려버릴 텐데?"

"듣고 보니 그렇군요. 그럼 혹시 마도구로 시한에게 마법을 쏘면 먹히는 겁니까?"

"아니지. 말했잖아? 대상으로 한 마법은 안 통한다고."

마도구의 마법도 이계의 존재를 '과녁'으로 삼으면 먹히지 않았다.

"전격이 깃든 마검 같은 걸로 날 때려봐야 난 하나도 감전되지 않아. 하지만 저절로 움직이는 마검이 날아와 찌르면, 그냥 찔리는 거지."

그래서 혁명전쟁 시절 릴스타인은 주로 소환 마법을 응용해 이계 마물들을 상대했었다. 땅의 정령을 소환해 골렘을 만들거나 바람의 정령을 이용해 진공의 칼날을 형성하는 식으로.

"아니면 기후 변화 마법을 이용해서 자연적인 번개를 쓰기도 했지. 마법의 번개야 안 통하지만 먹구름을 이용한 자연적인 번개는 통했으니까."

사파란 같은 경우는 아예 이계 마물에게도 먹히는 공격 마법을 따로 만들었다.

"내가 지구의 총화기 이야기를 했더니 그걸 응용하더라고."

이계에 뚝 떨어져 무력을 갈구하는 현대 지구인이 과연 제일 먼저 떠올리는 게 뭘까?

백이면 백, 총이다.

총기를 만들 수만 있으면 세계에 엄청난 변혁을 가져올 수 있을 테니까.

그래서 성시한은 릴스타인과 사파란에게 총화기에 대한 개념을 알려주었다. 화약을 폭발시켜, 금속 대롱을 통해 탄환을 쏘는 지구의 병기를.

그러자 그들은 물었다.

'그 화약이란 건 어떻게 만드는데? 폭압을 견딜 금속의 제련

법은? 그 무기를 양산하는 생산 체제는?'

대한민국의 고등학생이 여기서 할 대답은 뻔하다.

'미안, 그런 건 전혀 몰라.'

일개 고등학생이 이세계 떨어져서 아이디어 내봐야 현실성이 있을 리 없는 것이다.

그래도 마법을 이용하면 비슷하게 구현하는 것이 불가능한 일은 아니었다.

마법 금속이라면 폭압을 견딜 수 있는 강도의 총신도 만들 수 있었다. 화약의 존재가 없어도 마기언이 직접 폭발 마법을 쓰거나, 같은 효과의 마도구를 제작하면 비슷한 효과를 내는 것이 가능했다.

하지만 이 경우 대량생산이 불가능하다.

양산할 수 없는, 일반 병사가 쓸 수 없는 시점에서 총화기나 마법이나 전략적으로 별 차이가 없다. 그런데 테라노어에선 총화기 하나 만드는 것보다 마기언 한 명 키우는 것이 훨씬 쉽고 빠르다. 심지어 위력이나 범용성 면에서는 마법이 더 낫다.

"그래서 루스클란의 마물을 상대로만 제한적으로 써먹었지."

시한의 말에 제논이 아는 척을 했다.

"아, 혁명전쟁 시절 활약했다는 마포병단 말씀이시군요?"

테라노어에서 개인용 총기란 건 사실상 무의미하다.

화약이 없으니 마기언이 쥐고 쏘거나 혹은 폭발 마법이 깃든 마도구를 이용해야 하는데, 전자의 경우엔 마기언 본인이 그냥 마법을 날리면 되고 후자의 경우엔 폭발 마법 마도구를 직접 상대에게 겨누면 된다.

어느 쪽이건 총기라는 형태를 취할 이유가 없는 것이다.

써먹을 때라곤 오직 루스클란의 이계 마물을 대상으로 할 때 정도? 그런데 수십 미터 단위의 거대 마물에게 개인용 총기로 콩알만 한 총탄 쏴봐야 언 발에 오줌 누기다.

"그래서 대포 형태로 운용했었어."

개인용 총기는 마법 금속을 이용해야 하니 단가도 너무 높고, 또 그렇게 해봤자 거대한 이계 마물에게는 거의 타격을 주지 못했다.

반면 대포 형태라면 평범한 금속으로도 충분히 폭압을 견디게 만들 수 있으니 그럭저럭 비용이 절감됐다. 그냥 두껍고 크게 만들면 되는 문제니까.

이 방식이라면 일반 마기언도 루스클란의 마물에게 유의미한 타격을 줄 수 있었다. 그래서 혁명전쟁 당시 마포병단이라 불리며 꽤 활약을 했다.

설명을 하다 말고 성시한은 어깨를 으쓱거렸다.

"전쟁이 끝나자 완전히 사장되어 버렸다고 들었지만."

상대가 이계의 마물이 아니라면 굳이 대포를 통해 간접 마법을 쓸 이유가 없는 것이다.

실제로 마법이 발달한 현 테라노어에서 공성 병기는 쇠락한 지 오래였다. 마기언이라는 '걸어 다니는 대포'가 존재하는데 무거운 공성 병기를 끌고 다닐 이유가 없으니까.

그나마 육왕국 초기엔 루스클란의 잔당의 사냥을 위해 마포병단이 제한적으로 운용되기도 했다.

하지만 저 무거운 대포를 낑낑대며 옮기는 것도 보통 일은 아니다. 이계 마물의 실제 출현 빈도가 워낙 낮다 보니 다들 마포병단 따위 불필요하다고 여기게 되었고, 지금은 완전히 사라진 상태였다.

문득 시한이 예전 일을 떠올리며 피식거렸다.

"나중에야 안 건데 원래 테라노어에도 원시적인 화약이나 총기 개념은 있었더라? 제국이 워낙 탄압을 해서 맥이 끊겼을 뿐이지."

마법이 존재하는 시점에서 총화기의 유용도는 오직 이계 마물을 대상으로 할 때뿐이니 이계소환술이 주력인 루스클란 제국이 탄압하지 않았을 리가 없겠지.

"하여튼, 저 마법 대포의 개념을 확장시킨 게 당시 사파란의 수법이었어."

사파란은 굳이 무거운 대포를 낑낑대며 들고 다니지 않았다. 따로 포탄을 준비하지도 않았다.

주변의 바위나 금속 등을 마법으로 들어 올린 뒤 허공에 마력의 에너지체로 대포 자체를 구현해 버린다. 그리고 9층 폭염 마법을 이용해 강대한 폭발을 일으키고 마법으로 그 모든 폭압을 원통의 한 방향으로 집중시킨다.

10여 미터에 달하는 마력의 대포에서 발사되는 아음속의 질량탄.

그 기술은 족히 7, 8층 공격 마법에 필적하는 위력을 지니고 있었다.

"사람들은 그 위력에 경의를 보내며 '사파란 캐논'이라고 이름 붙였지."

골 때리는 명칭이다 싶겠지만 사실 개틀링 건의 개틀링도 사람 이름인 걸 생각하면 딱히 이상할 것도 없다.

"사파란 캐논의 위력이면 물론 나도 위험하겠지만, 어차피 저건 발동 시간도 길고 절차도 복잡한 마법이라 대인전에는 효용이 적어. 나도 플로어 마스터니까 얼마든지 도중에 방해할 수 있고. 그래서 일대일에선 신경 쓸 필요가 없지."

그러나 사파란이 주위에 수하를 잔뜩 대동하고 있다면 이야기가 다르다.

"특히 레비나와 손잡고 덤벼 온다면 확실히 위협적이지. 그러니 역시 레비나부터 해결하는 쪽이 먼저다."

"그렇군요."

납득하며 제논은 다시 청소에 열중했다. 성시한도 도로 소파에 벌렁 누웠다. 그렇게 한참을 쉬고 있던 중이었다.

갑자기 손님이 찾아왔다.

"응? 시디아?"

카렌 외에 이나시우스 교국에서 성시한의 정체를 아는 건 시디아뿐이다. 그래서 여태 계속 카렌의 전령 역할을 전담하고 있었다.

"죄송합니다, 시한 님. 급히 폐하께서 찾으십니다."

"무슨 일인데?"

그녀가 딱딱하게 굳은 얼굴로 대답했다.

"카곤 시티로부터 연락이 왔습니다."

카렌의 안색은 창백했다. 그리고 성시한은 그녀의 태도를 이해할 수 있었다.

"…진짜야, 카렌? 카곤 시티가 점령당했다고?"

그뿐만이 아니었다.

이나시우스 교국군은 궤멸에 가까운 타격을 입으며 패했다. 대부분의 기사가 사망했으며 몇백 명 남짓의 일반병만 간신히 살아남아 도주했다.

심지어 프레이어 클레르망조차도 전사했다. 청월기사단장이자 교국 최강의 성전사, 초인급 소드하이어와 필적하는 실력자인 그가!

　더 놀라운 사실은 저 정도의 전과를 올리고도 릴스타인 왕국군의 피해는 거의 없었다는 점이었다. 소드하이어 일부를 잃고 수백의 정예병이 전사하긴 했지만 거의 전력을 보존한 채 카곤 시티를 점령했다고 했다.

　당황하며 시한이 물었다.

　"어떻게 그럴 수가 있어? 압도적인 전력이었다며?"

　힘없이 카렌이 대꾸했다.

　"실제로 저들의 전력은 우리의 예상치를 거의 벗어나지 않았어요."

　단지 딱 다섯 명만 예상 밖이었을 뿐이었다.

　"홍룡기사단이 아닌 일반 소드하이어들 중에 유독 강한 이가 다섯 명이 있었죠. 살아남은 자의 증언에 의하면 그 다섯 명은 선명한 빛의 검을 구사했다더군요."

　달인급 소드하이어라도 아지랑이 같은 투기검을 구현하는 것이 한계다. 일반인 눈에도 선명하게 보이는 빛의 검이라면…….

　"…투기강?"

　시한이 눈을 크게 떴다.

　"초인급 소드하이어가 다섯 명이라고?"

　분명 릴스타인 왕국에 초인급 소드하이어는 홍룡기사단장

하이어 엔다윈뿐이었다.

"갑자기 초인급이 네 명이나 더 나타났다는 거야?"

카렌이 고개를 저었다.

"하이어 엔다윈이 아니에요. 그는 릴스타인 왕국을 떠나지 않았어요."

심지어 초인급에 올랐을 가능성이 있다고 점쳐지던 달인급 소드하이어, 홍룡기사단 부단장 하이어 트론도 여전히 왕도에 머물러 있었다.

"그럼 릴스타인이 아무도 모르게 초인급을 다섯 명이나 키워냈다는 소리야? 말이 안 되잖아?"

"네, 말도 안 되죠. 그래서 더더욱 모르겠어요."

피곤한 듯 카렌이 미간을 짚었다.

"하지만 상황은 틀림없어요. 증인이 한둘이 아니니까."

성시한은 안색을 굳혔다.

"도대체 무슨 짓을 한 거야?"

하도 어이가 없다 보니 헛생각마저 들 지경이었다.

"…정말 릴스타인 녀석이 초인급을 붕어빵처럼 찍어내기라도 했나?"

*　　　　*　　　　*

카곤 시티 중앙에 위치한 시청 건물.

40대 중반의 한 기사가 시장의 집무실에 서서 창밖을 내다보고 있었다. 릴스타인 정벌군의 총지휘관이기도 한, 홍룡기 사단의 하이어 로렌스였다.

시내는 한가했다.

한겨울에도 뜨겁게 달구어지던 도시의 열기가 차갑게 식어 있다. 거리를 무수히 오가던 상인들의 모습은 간데없고, 한낮인데도 을씨년스러운 분위기를 풍긴다.

곳곳에 보이는 이라곤 릴스타인 왕국군의 정규군뿐이었다. 카곤 시티의 시민들은 저 '새로운 점령군'을 두려워해 집 밖으로 나오지 않고 있었다.

그 정경을 바라보며 하이어 로렌스는 푸념하듯 중얼거렸다.

"정말 쉽게도 이겼군."

딱히 신묘한 전술을 쓴 것도, 릴스타인 왕국군이 이나시우스 교국군보다 몇 배나 사기가 높았던 것도, 그렇다고 교국군이 겉만 번지르르한 허풍선이였던 것도 아니었다.

그럼에도 릴스타인 왕국군은 간단히 승리를 쟁취했다.

모든 것은 하이어 로렌스의 뒤에 서 있는 저 다섯 명의 소드하이어 덕분이었다.

하나같이 붉은 갑주로 전신을 두르고 두꺼운 붉은 면갑을 뒤집어써 얼굴조차 보이지 않는 기사들.

저들 중 셋의 합공으로 인해 프레이어 클레르망이 죽음을 맞이했다. 교국의 다른 강자들 역시 저들의 일검을 감당하지 못했다.

한 명, 한 명이 전술 병기 취급을 받는 초인급 소드하이어가 무려 다섯이었으니, 이나시우스 교국군이 제대로 저항해 보지도 못하고 참패한 것은 당연한 결과였다.

덕분에 릴스타인 왕국군은 간단히 승리했다. 하지만 승전 장수인 하이어 로렌스의 표정은 그리 밝지 않았다.

'도대체 저들은 정체가 뭐지?'

사람 같지 않은 이들이었다. 분명 숨 쉬고 걸어 다니지만 인간다움이 전혀 느껴지지 않았다.

말을 걸어도 대꾸가 없고, 주위의 상황에도 전혀 반응하지 않는다.

타인과 그 어떤 인간적인 교류도 나누지 않는 인형 같은 존재들.

저들은 오직 하이어 로렌스의 명령에만 복종했다. 정확히 말하면 하이어 로렌스가 쥔 이 작은 지팡이, 릴스타인 국왕이 내려준 '지배의 홀'을 든 자에게만.

"으음⋯⋯."

고민하면서도 하이어 로렌스는 지배의 홀을 들었다. 그리고 명령을 내렸다.

"돌아가 휴식을 취하라."

지독히도 인형 같은 저들은 이렇게 직접적으로 명하지 않으면 인간으로서 당연히 해야 할 휴식조차도 누리지 않는 것이다.

로렌스의 명령에 침묵만을 지키던 5인의 소드하이어가 처음으로 입을 열었다.

"Yes, sir."

"Yes, sir."

"是的."

"Si, Signor."

"Oui, Monsieur."

전원 아스틴 어가 아닌 생소한 언어를 사용해 대꾸한 뒤 몸을 돌려 집무실을 빠져나간다.

그 뒷모습을 보며 로렌스는 인상을 찌푸렸다.

'저건 대체 어느 오지의 말인 건가?'

*　　　*　　　*

이나시우스 교국이 대패하며 상황은 완전히 바뀌어 버렸다.

교국 입장에선 무슨 수를 써서라도 카곤 시티를 탈환해야 했다. 아니면 최소, 탈환이 가능할 정도의 군사적 압박을 가해야 했다. 그런 후에야 외교적으로 협상을 하든 말든 할 수 있었다.

그리고 교국민들은 교단이 그렇게 하리라 믿어 의심치 않았다.

그들에겐 혁명 7영웅, 불사의 마녀 카렌 이나시우스가 있는 것이다!

아무리 릴스타인의 침략군 측에 초인급 소드하이어가 다섯이나 있다 해도 감히 불사의 마녀를 상대할 순 없을 것이다. 그럼 저쪽도 릴스타인이 직접 나서야 할 것이고, 그 전에 적당한 협상을 통해 전쟁이 마무리되리라.

이것이 사람들의 예상이었다.

실제로 정무 회의의 신하들도 똑같은 의견을 제시하고 있었다.

"여왕 폐하께서 힘을 보여주신다면 릴스타인 왕국 측에서도 더 이상 손을 쓰긴 어려울 겁니다. 친정(親征)을 하심이 옳다고 사료됩니다."

문제는 지금 카렌이 움직일 수 있는 처지가 아니란 점이고, 더 큰 문제는 그런 상황을 신하들에게도 알릴 수가 없다는 점이다.

"그대들의 의견은 알았다. 그럼 오늘 회의는 이것으로 마치노라."

결론을 미룬 뒤 카렌은 일단 회의장을 나왔다. 그리고 다시 성시한을 왕궁으로 불렀다.

현재 그녀의 상태에 대해 아는 이라곤 시디아와 시한 일행뿐이니, 의논할 상대도 그들뿐이었다.

*　　　　*　　　　*

시디아와 단둘이 방에 앉아 카렌은 푸념을 흘렸다.

"모르겠구나, 어떻게 해야 할지⋯⋯."

마음 같아선 여왕 자리고 뭐고 다 내팽개치고 은거해 버리고 싶다. 하지만 그럴 경우 겨우 안정된 이 나라의 미래가 어찌 될지 알 수가 없다.

모든 힘을 잃었을 때 그녀는 오히려 홀가분해했다. 이제야 자신이 저지른 죄에 대한 벌을 받았구나 하며 순순히 운명을 받아들였다.

그러나 상황이 이리 되니 잃어버린 힘이 너무나도 아쉽다.

얼굴을 감싼 카렌을 위로하며 시디아가 중얼거렸다.

"⋯시한 님이 원망스럽네요."

카렌이 쓴웃음을 지었다.

"알잖니? 시한이 일부러 내 힘을 빼앗은 것은 아냐."

"그건 알지만 그래도⋯⋯."

만약 카렌이 힘을 잃지 않았으면, 아예 테라노어에서 퇴출 당했을 테니 더 상황이 심각해졌겠지.

"대신 시한 님이 직접 나서면 문제없지 않을까요? 그분의 힘이라면 충분히……."

"그건 곤란해, 시디아."

아무리 초인급 소드하이어라도 이계구원자에 비하면 격이 많이 낮다. 분명 성시한이 나서면 깔끔하게 해결할 수 있을 것이다.

카렌이라고 그 사실을 모르는 바가 아니다.

"그럼 시한의 정체가 드러나게 돼. 동시에 내 몸 상태가 정상이 아니라는 사실 또한."

갑자기 이계구원자가 나타나 카곤 시티를 수복해 봤자 배신자들의 경각심만 크게 불러일으키는 일이 될 뿐이지.

확실한 이유가 필요했다.

카렌이 직접 나서지 않으면서도, 그녀가 직접 나서지 않아도 아무도 이상하게 여기지 않고 오히려 당연하게 여길 만한 이유가.

그렇게 카렌과 시디아가 전전긍긍하고 있을 때였다.

밖에서 시녀의 목소리가 들렸다.

"여왕 폐하, 하이어 선이 시디아 시녀장을 찾아왔습니다."

선 스테인이라는 젊은 사내가 일국의 여왕을 직접 만나면 아무래도 구설수에 오르게 된다. 그래서 성시한은 어디까지나 시디아를 만난다는 명분으로 카렌과 접촉하고 있었다.

교황인 카렌이야 남자 만나는 게 구설수가 되지만, 노처녀 시녀장이 남자 만나는 건 오히려 축하받을 일이니까.

이어 시한이 방에 들어섰다. 간단한 마법으로 주위 소리를 차단한 뒤 그가 물었다.

"어떻게 됐어, 카렌?"

카렌이 고개를 저었다.

"딱히 떠오르는 방법이 없네요."

정무 회의를 통해 다양한 의견을 들을 수 없으니 오직 카렌 스스로 방법을 찾아야 하는데, 그녀와 시디아 둘이서 머리 맞댄 결론 도무지 답이 안 나온다.

"그래서 말인데……."

그럴 줄 알았다는 듯 시한이 어깨를 으쓱였다.

"사실은 여기 있는 우리랑 제논, 알리타 말고도 카렌의 상태에 대해서 아는 사람이 한 명 더 있거든?"

"누구요?"

"그, 켈테론이라고……."

그러자 카렌이 경계하는 표정을 지었다.

"라텐베르크 왕국과 연락을 한 건가요? 혹시 마법 통신을 쓰기라도?"

마법 통신은 상호 간에 8층 이상의 고위 마기언이 반드시 존재해야 한다. 성시한이야 본인이 플로어 마스터니 아무 문제 없겠지만 켈테론은 그냥 일반인이니 다른 마기언의 힘을 빌려야 한다.

만약 성시한이 마법 통신을 통해 켈테론과 연락을 했다면, 그리고 현 상황에 대해 논의했다면 그 마기언을 통해 현 카렌의 상태가 새어 나갈 수도 있는 것이다.

시한이 손을 내저었다.

"그건 아냐. 그냥 내 쪽에서 일방적으로 보고를 받은 거야."

카곤 시티 점령 소식을 듣자마자 켈테론은 바로 상황을 점검, 검토했다. 카렌 이나시우스가 직접 나서야 하는 상황이라는 것 역시 이내 파악해 냈다.

켈테론은 현재 카렌이 직접 나설 수 없는 처지라는 사실을 잘 알고 있었다. 그리고 카렌이 무능하다는 것이 알려지면 동맹인 라텐베르크 왕국 역시 위험해진다는 사실 역시.

바로 왕궁으로 향했다.

긴급회의를 열고 아인츠 1세와 여러 신하를 모아 대책을 논의했다. 그리고 그 결과를 시한에게 보고했다.

─상호 방위 조약에 의거, 라텐베르크 왕국은 우방인 이나시우스 교국을 위해 군사적 조치를 취하기로 결정했습니다. 단지 현 라텐베르크의 사정상 직접적으로 원군을 보내기는

힘든 상황이지요. 그래서 제 '개인 사병'인 켈테론 기사단이 교국의 원군으로 가게 되었습니다.

상식적으로 본다면 아무리 켈테론 기사단이 과거의 창천기사단이라도 현 릴스타인 정벌군을 상대하긴 어려울 것이다. 무려 초인급 소드하이어가 다섯이니까.

—하지만 켈테론 기사단이 움직이면 기사단장도 움직이지 않겠습니까? 마침 단장이 이나시우스 교국에 먼저 가 있으니 상황도 딱 맞지요.

그리고 그 기사단장, 션 스테인이 바로 이계구원자 성시한이다.

이걸로 시한은 자연스럽게 카곤 전쟁에 끼어들 명분이 생긴 것이다. 아무의 의심도 받지 않고!

마법 영상 너머의 켈테론은 히죽거리며 웃고 있었다. 자신의 아이디어에 스스로 만족한 얼굴이었다.

—물론 시한 님께서 다른 생각이 있으시면 그대로 움직이셔도 됩니다. 상황에 맞춰 조율하면 되니까요.

켈테론의 보고를 그대로 옮기며 성시한은 빙긋 웃었다.

"아무래도 그 친구 말에 의하면, 내가 직접 가서 처리해도 아무 문제 없는 모양이더라고."

카렌의 표정이 환해졌다.

확실히 저거라면 성시한을 자연스럽게 투입시킬 수 있고,

카렌이 직접 나서지 않는 이유도 될 수 있었다.

"대단한 통찰력이네요? 좀 의심했었는데 정말 일국의 재상이 될 자격이 있군요."

덤으로 켈테론은 또 하나의 서비스도 준비해 놓았다.

─아, 그리고 슬슬 초인급까진 경지를 드러내서도 될 겁니다, 시한 님.

카렌과의 전투 이후 성시한은 몇 달간 처박혀 수행에만 매진했다. 그러는 동안 켈테론도 가만있진 않았다.

은밀히 소문을 퍼뜨렸다.

처음에는 용병왕 바락의 후계자가 달인급 소드하이어라고.

다음에는 단순한 달인급 정도 아니라 무려 극에 다다라 벽에 가로막힌 상태라고.

최종적으론 사실 달인급의 벽을 이미 넘어 초인급에 오른 상태인데, 스스로의 힘을 숨기고 겸손하게 지내고 있는 것이라고.

처음부터 초인급 소드하이어임을 드러내면 의심하는 이가 꽤 되겠지만, 몇 달에 걸쳐 소문을 조작해 단계적으로 퍼뜨리면 그만큼 의심도 옅어지는 것이다.

물론 그래도 의심을 아주 사지 않을 순 없겠지만, 어차피 성시한의 정체는 오래 숨길 수 없는 노릇이었다. 지금은 미심쩍은 상황을 만들기만 해도 충분했다.

시한이 어깨를 으쓱거렸다.

"켈테론 그 양반이 잔머리 하난 참 잘 돌아간다니까?"

옆에서 듣고 있던 카렌이 고개를 갸웃거렸다.

"…그 정도면 이미 잔머리라고 치부할 수준이 아닌 것 같은데요?"

＊　　　＊　　　＊

카렌 이나시우스는 직접 나서지 않았다.

대신 교황 직속의 청월기사단 50여 기에 성전사와 소드하이어 50명, 2,000의 교국 정규군을 카곤 시티 탈환을 위해 출격시켰다. 클레르망에 이어 교국 2위의 강자, 교국에 단둘뿐인 백금위의 프레이어 호트렌이 그들을 이끌게 되었다.

물론 이대로는 절대 승산이 없다.

클레르망조차도 손도 못 쓰고 당한 마당이었다. 아무리 호트렌이 백금위를 지니고 있다 한들 분명히 클레르망보단 약하다. 거기에 병력도 절반 이상 줄었다.

그럼에도 교국민들은 왜 그들의 여왕이 직접 나서지 않았는지 의아해하지 않았다.

동맹인 라텐베르크 왕국으로부터 켈테론 기사단이 가세한 것이다!

켈테론 기사단이라고 하면 어디서 듣도 보도 못한 잡스러운 집단이겠지만, 창천기사단이라고 하면 완전히 무게감이 달라진다.

"창천기사단? 그 이계구원자의 직속 기사단이었던?"

"게다가 지금의 단장은 무려 용병왕 바락의 후계자라는군!"

"아직 젊은데도 벌써 초인급 소드하이어의 경지에 올랐다면서?"

릴스타인 왕국 측에 정체불명의 초인급 소드하이어가 5인이나 있다는 정보는 민간에게까지 알려져 있지 않았다.

테라노어는 현대 지구처럼 매체가 발달해 전쟁 소식을 뉴스로 접할 수 있는 세계가 아니다.

일반 교국민이 파악할 수 있는 전황이란 그저 '우리나라가 졌다더라, 적들이 강하다더라, 프레이어 클레르망마저도 죽었다더라' 정도가 전부다.

그런 이들의 눈엔 저 정도로 강력한 전력이면 굳이 그들의 여왕이 직접 나설 필요가 전혀 없어 보이는 것이다.

그리고 전황을 파악하고 있는 고위층 역시 견해는 비슷했다.

교국 정보부는 전투 정보를 분석해 저 정체불명 소드하이어들의 경지를 이제 갓 벽을 넘은 초인급의 초입이라고 예상하고 있었다.

실제로 그들은 투기강을 구사하긴 했어도 초인급 특유의 용법, 예를 들면 투기진 같은 위용은 보인 적이 없었다. 프레이어 클레르망을 상대하기 위해 셋이나 합공해야 하기도 했다.

초인급과 백금위, 비록 급수는 같아도 그 속의 기량 차는 의외로 크다.

그리고 비록 급이 달라도 달인급의 벽에 막힌 자와 갓 초인급의 벽을 넘은 자의 차이는 의외로 크지 않다.

'그러니 프레이어 호트렌과 청월기사단, 그리고 용병왕의 후계자에 창천기사단이라면 충분히 승산이 있습니다.'

릴스타인이 움직이지 않는 한 카렌 이나시우스 역시 움직이지 않는 쪽이 옳다. 그동안은 달리 방법이 없어 친정을 권했을 뿐이지.

아무도 카렌의 상태를 알아채지 못한 채 일이 진행되어 갔다.

카곤 시티가 점령된 지 20여 일 뒤.

마침내 켈테론 기사단이 1,000명의 병력을 대동하고 카곤 시티에 도달해 인근 마을에 진지를 꾸렸다.

이미 시한 일행은 먼저 도착해 있었다.

"잘 왔어, 우드로우, 비렛타!"

부하들을 맞이하며 성시한은 들판 너머의 카곤 시티를 바라보았다. 두터운 성벽으로 둘러싸인 저 거대하고 웅장한 도시를.

"자, 그럼 초인급 소드하이어 션 스테인이 본격적으로 선을 보일 차례인가?"

Chapter 5

카곤 탈환전

서 빌라엔 강 서쪽에 위치한 작은 마을, 템블린 촌.

카곤 시티가 지척인 이곳에 이나시우스 교국군은 진지를 세웠다. 그리고 3일 뒤 동맹인 라텐베르크 왕국군 역시 합류했다.

합류한 켈테론 기사단은 실로 위풍당당했다. 전원 두꺼운 갑주에 마상창으로 무장하고 전마에 올라타 있었다.

완벽한 기사의 모습이었다. 도적단 신세였던 설원의 망령 시절과 달리, 이젠 예산이 빵빵한 것이다.

성시한이 기마 상태로 다가오는 두 남녀를 바라보며 피식 웃었다.

"이야, 무장 상태는 오히려 십 년 전보다 더 나아 보이는데?"

말에서 내려오며 우드로우가 반문했다.

"그야 그 시절엔 제국 기사의 갑옷 등 이것저것을 주워 입고 다녔으니 그런 것 아닙니까?"

혁명전쟁 당시 창천기사단의 무장은 약탈한 제국 기사들의 것을 고쳐 사용한 것이었다.

갑옷 파츠가 통일되어 있지 않으니 겉보기엔 꼭 누덕누덕 기워 입은 옷처럼 보였다. 그래서 제국 측에선 '알록달록 기사단'이라는 비아냥을 던지곤 했다.

성시한을 바라보며 비렛타가 빙긋 웃었다.

"대장도 멋있네요."

평소 가죽제 전투복을 고집하는 그였지만 지금은 근사한 강철제 풀 플레이트 아머 차림을 하고 있었다.

소드하이어가 투기를 끌어올려 전신을 방어하는 것은, 비유하자면 근육에 힘을 줘 타격을 방어하는 것과 비슷한 감각이다.

무신급 소드하이어라도 기나긴 전투 내내 계속 방어 투기를 두르고 있을 순 없다. 투기가 모자라서가 아니라 집중력이 그렇게 오래 유지되지 않는다.

보통은 전투를 수행하며 투기의 강화와 이완이 교차되는데, 그 틈에 눈먼 칼이라도 맞으면 아무리 성시한이라도 대책없는 것이다.

그래서 적의 동태를 놓치지 않는 일대일, 혹은 소수 대 소수의 대결이라면 모를까, 불특정 다수가 대규모로 혼재해 있는 전장에선 시한 역시 금속제 갑옷을 착용해 왔다.

자신의 갑옷을 내려다보며 성시한이 투덜거렸다.

"이거 입느라 진짜 고생했어, 쩝."

금속 갑옷 착용이 너무 오랜만이라 하나도 기억이 나질 않았다. 덕분에 알리타와 제논의 도움을 받아가며 겨우 입었다.

"루브레스크가 그립구만."

그땐 시동어 한마디면 알아서 갑옷 파츠가 날아와 척척 입혀졌는데 말이지.

"그 마갑이 워낙 사기였던 거죠. 이제 당시 우리의 고생을 좀 알겠어요?"

비렛타가 불퉁한 표정을 지었다. 십 년 전 성시한이 말 한마디로 갑옷 자동 착용하는 동안 부하인 그들은 허겁지겁 양손을 놀려 갑옷을 입어야 했었다.

"어이, 나도 루브레스크 쓰기 전엔 일반 갑옷 많이 입었었거든?"

억울한 얼굴로 반론하다 말고 시한은 켈테론 기사단을 힐

끔 둘러보았다.

현재 우드로우가 대동한 기사단의 숫자는 서른 기 정도였다. 총원보다 열 명 정도 부족하다.

그래, 누가 없나 했더니 일명 '마크 일행'이 보이질 않는다. 순수하게 창천기사단만을 대동한 것이다.

"어? 그 친구들은?"

물을 필요가 있냐는 투로 비렛타가 대꾸했다.

"걔들 여기 데리고 오면 다 죽죠. 당연히 놓고 왔어요."

그때 진지로부터 거구의 사내와 백금발의 소녀가 모습을 드러냈다. 둘 다 켈테론 기사단의 대장 신분이니 본대로 복귀하려는 것이었다.

거구의 사내가 우드로우를 내려다보며 정중히 인사를 건넸다.

"오셨군요, 하이어 우드로우."

우드로우는 잠시 눈을 껌뻑였다. 처음 보는 얼굴의 사내가 자신을 아는 척하고 있다?

"엥? 자네, 제논 군이었나? 그 얼굴은 어떻게 된 거야?"

별거 아니란 듯 제논이 대답했다.

"천변기로 위장했습니다."

*   *   *

원래 시한은 제논을 전투에 참가시키지 않으려 했다.

카곤 시티를 점령한 릴스타인 왕국군엔 홍룡기사단도 다수 있다. 그들이 같은 기사단 출신인 제논을 못 알아볼 리가 없다.

"거참, 어쩌다 보니 우리는 죄다 정체를 감춰야 하는 신세가 되어버렸네?"

이계구원자의 정체를 감춰야 하는 성시한에, 루스클란의 후예임을 감춰야 하는 알리타에, 릴스타인 왕실 기사단임을 감춰야 하는 제논까지…….

하여튼 정체를 들키면 큰일은 안 생기더라도 골치는 아파질 것 같아서 꺼낸 제안이었는데 제논이 극구 반대했다.

"알리타도, 심지어 디나도 함께 가는데 제가 빠질 순 없습니다!"

투구로 얼굴을 가리면 큰 문제는 없을 거라는 것이 그의 의견이었다.

드물긴 해도 제논만 한 거구가 세상에 없는 것도 아니다. 무엇보다 이제는 사용하는 검술이나 투기술도 완전히 달라졌다.

패왕기를 구사하며 투 핸디드 소드를 한 손으로 찔러대는 그 괴상망측한 전투법을 보고서도 과거의 릴스타인 왕실 기사 제논 스트라이드를 떠올릴 사람이 과연 있을까?

"듣고 보니 별문제 없겠네? 그럼 같이 가자. 아니다, 차라리 천변기를 가르쳐 줄까?"

"이제까진 딱히 필요 없다고 생각했습니다만, 배워두는 것도 좋겠군요. 어떻게 하는 겁니까?"

"제논 너, 어쩐지 천변기는 영 푸대접이다?"

똑같이 이계구원자의 투기술을 배우면서도 패왕기 때와는 달리 영 감격하는 투가 아니다.

"그야 이건 시프 퀸 레비나의 기술이잖습니까?"

"아, 진짜! 이거 원래 내가 오리지널이라니까?"

"헉! 그런 거였습니까!"

천변기의 진실(?)을 알게 된 제논의 태도는 180도 바뀌었다. 열성을 다해 익히기 시작했다.

"음, 이렇게? 이렇게 하는 건가?"

그리고 반나절 뒤, 제논 대신 전혀 다른 얼굴의 거한이 그 자리에 서 있었다.

"아, 이렇게 하는 거군."

옆에서 보고 있던 알리타는 기가 막혀 턱이 빠질 지경이었다.

"말도 안 돼! 나 저거 익히는 데 한 달도 넘게 걸렸는데?!"

참고로 과거 레비나는 1시간 만에 성공했었다.

좌절한 알리타를 보며 시한이 그녀의 등을 토닥여 주었다.

"기운 내, 알리타. 어쨌거나 너도 자질이 나쁘진 않아."

알리타가 눈을 흘겼다.

"…위로하는 거예요, 놀리는 거예요?"

＊　　　＊　　　＊

이야기를 듣던 우드로우와 비렛타가 이번엔 알리타를 향해 눈을 흘겼다.

"그러니까 저 아가씨는 한 달 만에 천변기를 익혔다 이겁니까?"

"누구는 몇 년째 아직도 천변기를 못 터득했는데 말이죠?"

알리타가 멋쩍어 하며 몸을 움츠렸다.

"어머? 그, 그런 거였어요?"

성시한이 어깨를 으쓱거렸다.

"할 수 없지. 원래 천변기는 투기술 경지보다는 센스 쪽이 필요하니까."

우드로우와 비렛타도 천변기를 운용할 순 있다. 단지 눈, 코, 입을 제 위치에 못 붙일 뿐이지. 천변기로 얼굴을 변화하면 너무 부자연스러워져 변장의 의미가 없었다.

그걸 감안해도 한 달 만에 천변기를 익힌 알리타의 재능은 분명 뛰어났다. 우드로우가 이내 납득한다는 표정을 지었다.

"하긴, 잠형기를 터득할 정도면 천변기도 어렵진 않았겠군."

레비나의 잠형기 역시 젝센가드의 폭렬기나 테오란트의 염룡기처럼 어지간한 천재가 아니고서는 손도 못 댈 고난도의 투기술이다. 그런 잠형기를 알리타는 실전에서 구사할 수준까지 터득했다.

"믿음직하네요, 알리타 양."

비렛타가 알리타를 향해 화사한 미소를 보냈다. 수줍어하며 알리타가 더더욱 몸을 움츠렸다.

"아, 별로 안 믿으셔도 되는데……."

하여튼 시한 일행이 합류함으로써 켈테론 기사단은 완전히 모습을 갖췄다. 성시한이 우드로우에게 손짓을 했다.

"자, 우리 둘은 이만 들어가자고. 전략 회의를 해야지. 프레이어 호트렌이 기다리고 있어."

*　　　*　　　*

올해로 쉰이 되는 프레이어 호트렌은 혁명전쟁 시절부터 카렌 밑에서 제국과 싸워 온 노련한 성전사였다. 하지만 전장이 달라 창천기사단과 직접 만난 적은 없었다.

"처음 뵙겠습니다, 하이어 우드로우. 명성은 익히 듣고 있었습니다. 크론 리자테의 종, 호트렌입니다."

우드로우도 정중하게 화답했다.

"여신의 검을 만나 영광입니다, 프레이어 호트렌. 켈테론 기사단의 우드로우입니다."

회의 막사엔 호트렌과 그의 부관, 그리고 켈테론 기사단장인 션 스테인과 부단장인 우드로우만이 모여 있었다.

상대를 살피며 호트렌은 내심 놀랐다.

'흐음? 생각보다 분위기가 나쁘지 않군.'

켈테론 기사단의 전신, 창천기사단은 이계구원자라는 전설의 영웅을 따르던 이들이다. 그런 콧대 높은 이들이 과연 새 단장을 순순히 따를 것인가?

호트렌은 회의적인 입장이었다.

용병왕 바락의 후계자에 초인급 소드하이어라는 소문까지 돌지만, 그래도 션 스테인은 여전히 무명의 청년일 뿐인 것이다.

그런데 직접 보니 의외로 사이가 좋아 보였다. 션 스테인을 대하는 우드로우의 태도에 반감 따위 전혀 느껴지지 않았다.

솔직히 감탄했다.

'과연 하이어 우드로우. 기사답게 자신의 책무에 흐트러짐이 없군!'

설마 션 스테인이 이계구원자 본인일 거라곤 생각도 못 한 호트렌이었다.

카곤 시티 인근 지도를 펼치며 호트렌이 회의를 시작했다.

"현재 릴스타인 왕국군은 카곤 시티 중심의 시청에 주둔하고 있는 걸로 알려져 있습니다. 따로 농성을 할 생각은 없어 보이더군요."

방어하는 입장에서 좋은 성벽 놔두고 군이 밖으로 기어 나올 필요가 뭐가 있냐 싶겠지만, 현재 릴스타인 왕국군은 카곤 시티를 완전히 점령한 것이 아니었다.

원래 카곤 시티는 따로 군대를 준비해 두고 있지 않았다.

루스클란 제국 시절 사우스 클라니움일 때는 높고 두꺼운 성벽으로 도시를 두르고 수만의 병력을 주둔시켰지만, 중립을 표방하는 카곤 시티는 군대를 키울 수가 없다. 그래서 평소엔 수많은 용병들과 그들을 상대로 치안을 유지할 정도의 자치 병력만이 상주해 있었다.

"그 용병들은 릴스타인 왕국군이 카곤 시티를 점거하자 대부분 도시를 빠져나가거나 잠적했습니다. 자치 병력 역시 해산된 상태지요."

즉 릴스타인 왕국군은 도시 내에 여전히 보이지 않는 '적'이 존재한다는 의미였다. 그리고 카곤 시티는 고작 며칠 만에 저들을 소탕하기엔 너무 크고 넓은 곳이다.

"그렇다면 저들은 농성전보단 평야전을 택할 겁니다."

땅따먹기가 여의치 않다면 교국과의 힘겨루기를 통해 확실한 힘을 보여줌으로써 숨은 '적'들을 숨은 '쥐새끼'들로 바꾸는 게 훨씬 효율적이다.

또한 현재 릴스타인 왕국군에겐 정체불명의 초인급 소드하이어가 다섯이나 있으니 평야에서 정면으로 맞붙어도 오히려 승산이 높다고 여길 터.

"이것이 그에 대응할 전략인데……."

회의를 이끌다 말고 호트렌은 잠시 머뭇거렸다. 공식적으론 그가 동맹군의 총지휘관이지만 켈테론 기사단의 의사를 묻지 않을 수는 없었다.

"두 분께 다른 전략이 있다면 말씀해 주시기 바랍니다. 어쩌다 보니 제가 여러분을 지휘하는 입장이 되었습니다만 어디까지나 동맹 관계니……."

서로 다른 나라의 군대가 동맹을 맺으면 이게 골치 아프다. 어느 쪽이 주도권을 잡는지에 대해 알력이 안 생길 수가 없다. 그래서 전력상 유리함에도 불구하고 패한 전투가 역사적으로 한둘이 아니지.

다행히 선 스테인은 호기롭게 호트렌의 지휘권을 인정했다.

"당신이 지휘관입니다. 켈테론 기사단은 당신의 지휘를 따를 것입니다."

"고맙소, 하이어 션."

인사를 건네며 호트렌은 새삼스러운 눈으로 션 스테인을
바라보았다.

리잔테리움에서부터 함께하며 느낀 바가 있었다.

'역시 특이하군, 저자. 분명 아직 서른도 되지 않았는데 묘
하게 여유로워.'

전쟁을 겪어봤을 나이가 아닌데도 전장에 나서는 모습이
느긋하기 그지없었다. 심지어 나이에 맞지 않게 노련한 분위
기마저 풍기는 것 같았다.

'저래서 하이어 우드로우가 군말 없이 그를 단장으로 인정
한 건가?'

하여튼 상대가 저리 나와 주니 호트렌도 마음이 편하다.

"이런 사항을 고려했을 때……."

지도 한쪽을 가리키며 그가 말했다.

"이곳이 전장이 될 겁니다."

    *   *   *

카곤 시티 북쪽에 펼쳐진 클라인 평야.

호트렌의 예상대로 릴스타인 왕국군은 도시를 빠져나와 이
평야에 진형을 꾸렸다. 자신들의 힘을 과시하며 정면으로 힘
대결을 하기에 적합한 위치였다.

그에 맞춰 이나시우스—라텐베르크 연합군도 전투에 나설 준비를 취했다.

평야 끝자락에 위치한 연합군의 진지.

출정하는 알리타의 갑옷 매듭을 굳게 동여매며 디나가 걱정스러운 표정을 지었다.

"부디 조심하세요, 마스터."

진지 저편을 힐끔거리며 알리타가 빙긋 웃었다.

"너무 걱정하지 마, 저 사람이 있잖니?"

저 멀리 말에 올라탄 흑발의 젊은 기사, 성시한을 보는 것이었다.

"그래도 혹시 모르는 거잖아요. 그러니까 위험하다 싶으면 얼른 저분께 가서 '아, 체력이~'라고 하면서 슬쩍 기대기도 하고 그러세요. 원래 사내들은 평소 강인하던 여성이 약한 모습을 보일 때 뻑 간대요."

알리타의 표정이 괴상해졌다.

"…어디서 그런 소릴 주워들은 거니? 그보다 디나 너, 어째 태도가 바뀌었다?"

예전엔 성시한을 대하며 그렇게 날을 세우더니, 그의 진짜 정체를 알고 나선 묘하게 호의적이 되었다. 아니, 호의적인 걸 넘어서 어떻게든 알리타를 시한과 엮어보려 하는 것 같기도 하고?

디나는 말없이 배시시 웃기만 했다.

"헤헤."

실제로 그녀는 성시한에 대한 태도를 완전히 바꾼 상태였다.

'이계구원자라니! 그 전설의 영웅이라니!'

스승 좀 잘 만났을 뿐인 듣도 보도 못한 잡놈(?) 션 스테인이라면 모를까, 이계구원자 성시한이라면 '아름답고 상냥한 우리 마스터 언니'의 배필로 모자람이 없는 것이다!

'아무렴, 나이 좀 많으면 어때?'

아직 서른도 안 된 시한이 들으면 억울해하겠지만, 십 대 후반에서 이십 대 초반에 대부분 결혼하는 테라노어 기준에선 성시한 정도면 훌륭한 노총각이다.

하여튼 의외로 속물근성이 넘치는 디나였다.

'디나, 얘가 대체 뭔 생각 하는 건지 모르겠네.'

고개를 절레절레 저으며 알리타가 진지한 표정을 지었다.

"너야말로 조심해, 디나. 무슨 일이 일어날지 모르는 곳이 전장이야."

무장을 갖추며 디나도 안색을 굳혔다.

"네, 마스터."

종자의 의무에 따라, 아직 어린 나이임에도 디나는 알리타를 쫓아 이번 전투에 참가해야 했다.

그녀로서는 처음 겪는 진짜 전쟁이다. 아무리 농담을 해도 역시 긴장이 안 될 수 없다.

준비를 마친 뒤 두 사람은 본대로 향했다. 이미 켈테론 기사단은 대열을 갖추고 천의 군세 앞에 당당히 도열해 있었다.

선두에 선 성시한을 향해 우드로우가 말을 몰았다. 말머리를 나란히 하며 감개무량한 표정을 짓는다.

"대장과 함께 싸우는 날이 다시 올 줄이야……."

황당하다는 듯 시한이 그를 돌아보았다.

"…테오란트랑 싸울 때도 같이 싸웠으면서 뭘?"

"그땐 각자 따로 싸웠잖습니까?"

그땐 테오란트를 빼내기 위해 성시한만 따로 움직였었다.

"시한 대장의 등을 보며 싸우는 건 정말 십 년 만이지요."

감격에 찬 우드로우의 등 뒤에서 찬물이 끼얹어졌다. 비렛타를 위시한, 다른 창천기사단원들이었다.

"아니, 우드로우. 실은 십 년 전에도 대장 등 보면서 싸운 적은 별로 없지 않아요?"

"그러게."

"그때도 잠깐 눈 돌리면 저 혼자 휙 앞장서 버렸는데?"

"부하들 생각 안 하고 홀로 들이댄 적이 한두 번이어야지."

"어휴, 따라다니는 것만도 고생이었지."

"그냥 대장 안 놓치려고 죽자 살자 쫓아가다 보니 어느새 다들 강해져 있더라."

당시 옆에 젝센가드라는 걸출한 근육 뇌의 소유자가 있어서 상대적으로 안 드러났을 뿐이지, 혁명전쟁 시절의 성시한도 꽤나 주변 안 돌아보고 돌진하는 타입이었다.

둘의 차이점이라면, 젝센가드는 저돌적으로 돌진하면서도 아무 생각이 없는데, 성시한은 아무 생각 없이 저돌적으로 돌진한다는 것 정도(그러니까 저돌적으로 돌진한 후에는 그래도 생각을 한다는 소리다)?

그렇다 보니 창천기사단 사이에서 은근 불만이 꽤 쌓였던 모양이었다.

물론 이것도 다 시한과 창천기사단의 유대가 그만큼 끈끈하기에 나올 수 있는 반응이다.

"다들 미안하구만."

쓴웃음을 지으며 시한은 전장을 바라보았다. 수하들의 기대를 저버리는 건 슬픈 일이지만, 오늘도 그는 저돌적으로 나설 생각이었다.

최대한 빠르게 상대의 진영을 분쇄하며 미처 손 쓸 틈도 없이 적진의 심장을 노리는 것!

그것이 바로 이계구원자와 창천기사단의 필승 전법이었으니까.

"그러니까 다들 죽어라 따라들 오라고."

"네, 대장!"

흥분된 얼굴로 창천기사들이 면갑을 내렸다. 제논과 알리타, 디나 역시 고양된 얼굴로 전장을 바라보았다.

클라인 평야 한복판에 위치한 두 부대, 이나시우스—라텐베르크 연합군과 릴스타인 왕국군.

황량한 겨울 황야 위로 전투의 열기가 피어오르고 있었다.

청월기사단의 선두에 선 프레이어 호트렌이 검을 뽑아 들며 우렁찬 함성을 내질렀다.

"전투 개시!"

뒤이어 릴스타인 왕국군 측에서도 전투의 뿔피리가 하늘 높이 울려 퍼졌다.

부우우우웅!

카곤 탈환전의 서막이 올랐다.

호트렌이 이끄는 청월기사단이 선공을 취했다.

"크론 리자테여! 당신의 신실한 종을 보우하소서!"

수십의 성전사와 교국 측 소드하이어들이 말을 달리며 창검을 높이 쳐들었다. 말발굽 소리가 전장 가득 요란하게 울려 퍼졌다.

그 뒤를 교국의 보병 군단이 따랐다.

수많은 병사가 고함을 지르며 겨울 하늘 위로 흙먼지를 피웠다.

"으아아아!"

동시에 릴스타인 왕국군도 움직였다. 흑룡기사단이 정규군 1,000을 이끌고 전장으로 향했다.

금속음이 울리고 비명이 메아리쳤다. 살기와 함성이 뒤섞이며 비릿한 혈향이 사방으로 흩뿌려졌다.

순식간에 사람들이 죽고, 또 죽어갔다.

본진에서 대기 중이던 성시한이 안색을 굳히며 투구의 면갑을 닫았다.

"우리도 어서 움직여야겠군."

그리고 기다란 장창을 옆구리에 꼈다. 창의 형태로 변화시킨 디재스터였다.

디재스터가 자유자재로 변화한다지만 그건 어디까지나 검의 형태에 국한되어 있다. 모닝스타나 프레일, 사슬낫 같은 기형 병기로 변할 순 없다.

하지만 창은 가능했다.

'창이 뭐 별건가? 단검에서 손잡이만 길게 늘이면 그게 창이지.'

장창 디재스터를 쥔 채 시한이 말고삐를 당겼다.

"전원 돌격!"

성시한을 위시한 창천기사단이 라텐베르크의 병력을 이끌고 달려 나갔다.

　전장을 크게 돌아 상대의 우측으로 향한다. 단숨에 돌진해 릴스타인 왕국군의 대형을 꿰뚫으려는 듯하다.

　그 광경을 지켜보던 릴스타인 왕국군 총지휘관, 하이어 로렌스는 미간을 찌푸렸다.

　"시작부터 총력전으로 나설 셈인가?"

　이걸로 이나시우스—라텐베르크, 일명 E—L 연합군은 병력을 총출동시킨 셈이 되었다.

　"무모하군……."

　로렌스는 의아해했다.

　총력전도 총력전이지만 이어진 전술도 좀 이해가 가지 않았다.

　일단은 전형적인 '망치와 모루 전술'인데, 시기가 너무 이르다. 저런 식의 우회 기동전은 전투가 어느 정도 교착된 후에야 효과가 극대화되는 법이다. 지금처럼 시작하자마자 바로 나서는 것이 아니다.

　모루에 쇠를 대고 망치로 후려갈겼는데 쇠가 아닌 망치가 깨져 버리면 그 무슨 바보짓이란 말인가?

　저건 어디까지나 '망치'가 반드시 '쇠'를 깰 수 있다는 확신이 있을 때나 할 법한 짓이다.

그때 창천기사단의 선두가 릴스타인 왕국군과 격돌했다. 커다란 전마에 올라탄 기사가 우렁찬 기합을 터뜨렸다.

"타아아앗!"

푸른 투기강이 사방에 빛을 뿌렸다. 동시에 피보라를 일으키며 전장을 질주하기 시작했다.

삽시간에 대열이 무너지며 릴스타인 왕국군의 우측이 붕괴되어 갔다.

"투기강!"

하이어 로렌스의 눈동자가 날카롭게 빛났다.

"초인급 소드하이어인가?"

그것도 익히 알아볼 수 있는 빛이었다.

이계구원자의 기술로 더 잘 알려져 있지만 실은 과거 3대 무신이었던 용병왕 바락의 고유 투기술, 패왕기의 빛이다.

"그렇군, 저자가 바로 용병왕의 후계자였나."

바로 옆에 똑같이 패왕기를 구사하는 거구의 전사가 붙어 있어 더욱 알아보기 쉬웠다.

'과연, 뚫을 수 있다는 확신이 있다면 병력이 적은 연합군 입장에서 시작부터 이리 나오는 것도 나쁜 선택은 아니겠어.'

병력 손실을 줄이기 위한 고육지책이라면 충분히 이해가 가는 전법이었다.

게다가 실제로 효과를 보고 있지 않은가?

선 스테인의 강력한 돌진력에 힘입어 릴스타인 왕국군의 진형은 도미노처럼 연쇄적으로 무너지고 있었다. 그 뒤를 창천 기사단과 라텐베르크 정규군이 따르며 연신 피를 뿌린다.

"크어억!"

"으아아악!"

아군의 비명이 귓가에 맴도는데도 로렌스는 침착했다. 당황하지 않고 차분히 전황을 파악한다.

"오히려 잘됐군."

초반 기세에서 밀린 것은 사실이지만 이걸로 E—L 연합군은 모든 패를 꺼내 버렸다. 초장부터 백금위의 성전사와 초인급 소드하이어를 모조리 투입하는 강수를 썼으니 더 이상 여력 따윈 없다.

'저 둘만 처리하면 연합군은 그대로 붕괴해 버릴 터.'

그리고 릴스타인 왕국군에겐 그럴 수 있는 비장의 패가 다섯이나 있었다.

말 위에 오른 채 하이어 로렌스는 옆구리로 손을 가져갔다. 그가 지배의 홀을 들고 명령을 내렸다.

"전원 출격. 목표는 저 둘이다."

로렌스 곁에서 석상처럼 서 있던 5인의 기사, 그들이 일제히 눈을 떴다.

       *   *   *

전신을 붉은 갑주로 두른 기사들이 검을 빼 들었다. 투기가 일렁이며 검신을 통해 눈부신 섬광이 솟구쳤다.

타오르는 듯한 선명한 붉은빛의 검, 투기강이었다.

전투를 벌이던 릴스타인 왕국군이 그 광경에 환호를 터뜨렸다.

"오옷!"

"그분들이다!"

반면 E—L 연합군 측은 크게 당혹해했다.

"맙소사!"

"정말 초인급 소드하이어가?"

5인의 기사가 일제히 몸을 날렸다. 포효를 내지르며 전장을 향해 맹수처럼 과격하게 돌진해 간다.

"카오오오!"

대지를 박차며 무시무시한 속도로 달려오는 그 모습에 프레이어 호트렌은 당황했다.

"응?"

성시한 역시 마찬가지였다.

"엥? 뭐야?"

초인급 소드하이어가 투입될 줄 몰라서 당황한 것이 아니었다. 이 시점에서 저들이 참전할 줄은 당연히 예상하고 있었다.

예상하지 못한 것은 저들의 작태였다.

시한이 멍한 얼굴로 뇌까렸다.

"아니, 멀쩡한 말 놔두고 왜 뛰어오는 거야?"

지금 저 5인의 정체불명 초인급 소드하이어는 열심히 두 발을 놀려서 뛰어오고 있는 것이다!

"크어어……."

"카오오!"

짐승처럼 울부짖으며 5인의 기사가 기병과 보병이 뒤섞인 전장을 질주한다. 때론 내달리고 때론 몸을 날려 사람들의 머리를 밟고 뛰어넘는다.

바보 같다면 바보 같고, 대단하다면 또 대단한 광경이었다.

"…설마 말 탈 줄 모르나?"

어이없어 하는 시한의 혼잣말에, 알리타가 더 어이없다는 듯 되물었다.

"그럴 리가? 초인급 소드하이어인데요?"

초인급 소드하이어의 신체 능력과 균형 감각은 가공할 수준이다. 승마술 따위 몰라도 얼마든지 달리는 말 등에 서 있을 수 있을 정도다.

반면 제논은 그럴 수도 있다는 반응이었다.

"말에 오를 수야 있다 해도, 승마술을 제대로 익히지 않으면 말과 함께 전투를 벌이는 법은 모르지 않겠습니까?"

하여튼 저 5인의 기사는 무서운 속도로 접근해 오고 있었다.

호트렌 쪽에 3인, 성시한 쪽에 2인. 적아를 구별하지 않고 가로막는 모든 것을 투기강으로 베어 넘기며 두 사람을 향해 달린다.

그들을 40여 명 정도의 소드하이어가 뒤따르고 있었다. 홍룡기사단이 아닌 일반 기사들이었다. 아마도 저 5인의 기사를 보조하는 인원인 듯했다.

시한이 말을 박찼다.

"이랴!"

다가오는 2인의 적색 기사를 향해 돌진한다. 순식간에 서로 교차하며 세 줄기 투기강이 빛을 발한다.

폭음과 함께 파문이 사방으로 일었다.

첫 번째 격돌은 무승부였다. 서로 상처를 주지 못한 채 스쳐 지나갔다.

말이 달리는 기세를 살려 성시한은 그대로 호트렌에게 향했다. 그리고 호트렌을 노리는 3인의 적색 기사에게도 투기강을 날렸다.

"패왕기, 격쇄(擊碎)!"

디재스터의 창날로부터 푸른 섬광이 길게 뻗어나갔다. 기사들이 재빨리 피하자 그 빈자리에 폭발이 일어났다.

콰콰쾅!

호트렌을 노리던 3인의 적색 기사가 말없이 시한을 돌아보았다.

"……."

동시에 원래 시한을 노리던 2인도 그의 등 뒤를 장악했다.

다섯 명의 적색 기사가 모두 성시한을 포위한 채 살기를 피우기 시작했다.

"크르르……."

"크으으……."

그 틈에 호트렌이 이탈했다. 병력을 이끌고 적진의 좌측으로 돌며 5인의 적색 기사로부터 멀어져 간다.

그가 고함을 터뜨렸다.

"전원 돌격! 이대로 적의 본진을 노린다!"

연합군의 진형이 둘로 분리되었다.

호트렌이 이끄는 이나시우스 교국의 총 전력과 라텐베르크의 보병단.

그리고 5인의 적색 기사와 40인의 소드하이어를 상대하는 성시한의 창천기사단으로.

상황을 살피며 시한이 내심 미소를 머금었다.

'좋아, 작전대로군.'

*　　　*　　　*

릴스타인 왕국군에 맞서 프레이어 호트렌이 세운 작전은 이것이었다.

"릴스타인 왕국군은 분명 초인급 소드하이어를 내세워 나와 켈테론 기사단장, 하이어 선부터 노릴 것이오."

그것이 합리적이고 사리에 맞으니 이를 예상하는 것은 어려운 일이 아니다.

그때 선 스테인과 창천기사단이 저 5인의 초인급 소드하이어를 가로막아 자체적으로 발을 묶는다.

그 틈에 호트렌이 라텐베르크의 보병 지휘권까지 넘겨받아 속공으로 릴스타인 왕국군의 본진을 격파한다.

같은 초인급이라도 선 스테인은 무려 패왕기를 구사하는 자, 저들에 비해 기량이 뛰어날 것이라 기대할 수 있다. 창천기사단 역시 베테랑 중의 베테랑, 이들이 전력을 다하면 초인급 다섯을 상대로 이기진 못해도 어떻게든 시간을 끌 수 있을 것이다.

그 틈에 청월기사단의 본진이 릴스타인 왕국군을 깨부순 뒤 이들을 원호하는 것이다.

작전을 설명하며 호트렌은 한숨을 내쉬었다.

"물론 창천기사단이 제일 위험한 역할이란 건 부인할 수 없소만……."

작전의 입안자로서 염치가 있다면 솔선수범하는 의미에서 호트렌이 저 초인급 소드하이어들을 맡아야 했다. 아무리 초인급이라도 아직은 젊고 경험이 없는 선 스테인이 아니라.

하지만 문제가 있었다.

"부끄럽게도 청월기사단은 초인급을 상대로 시간을 끌 기량이 부족하니……."

똑같이 혁명전쟁을 겪은 청월기사단과 창천기사단이지만 그 내막은 좀 다르다.

전방과 후방을 오가며 전투를 겪은 청월기사단과 달리 창천기사단은 언제나 최전방에서 싸웠다. 그것도 이계구원자라는 걸출한 영웅을 따라 싸우다 보니, 상대하는 적들 역시 걸출한 제국의 강자들뿐이었다.

당시 제국 측 초인급 소드하이어는 한 번씩 다 만나 봤다. 초인급 중에서도 최강자로 꼽히는 루스클란 육호장과도 몇 번이나 조우했다.

심지어 무신급 소드하이어, 론다르크 장군와의 전투마저도 겪어 봤다.

대장이 워낙 잘났다 보니 수하 된 입장에서 인생이 영 팍팍했던 것이다.

그런 창천기사단의 전투 양상은 주로 이런 식이었다.

미친 듯이 적진을 향해 돌진한 뒤, 이계구원자가 적장을 처리할 때까지 닥치고 상대방 발 묶기.

카드로 치면 조커나 다름없는 패인 성시한이 투입될 때까지 어떻게든 진형을 유지하는 것이 창천기사단의 임무였다.

그런 식의 전투를 하도 해내다 보니 창천기사단은 초인급 소드하이어를 상대로 제 목숨 챙기며 시간 질질 끄는 데는 가히 달인의 경지에 올라 있었다. 그런 이들만이 살아남아 창천기사단이라 불릴 수 있었으니까.

"충분히 합리적인 이유입니다. 그들은 저희가 맡겠습니다, 프레이어 호트렌."

성시한은 흔쾌히 그 작전을 받아들였다. 그리고 의문을 표했다.

"그런데 과연 상대가 이대로 움직여 줄까요?"

창천기사단이 초인급 소드하이어들을 포위해 봤자, 저들이 그 초인적인 능력으로 도로 본진으로 돌아가 버리면 아무 의미 없는 작전이다.

그러나 호트렌은 그 부분에 있어선 오히려 자신만만해했다.

"분명 그럴 거요."

사실 이 작전은 릴스타인 왕국 입장에서도 별로 불리한 것이 아니었다. 오히려 유리한 점조차 있었다.

그리고 호트렌은 릴스타인 왕국군의 총지휘관인 하이어 로렌스를 잘 알고 있었다. 십 년 전만 해도 함께 싸우던 전우였으니까.

"그 친구는 이걸 못 알아챌 정도로 바보가 아니지."

＊　　　　＊　　　　＊

과연 하이어 로렌스는 바로 호트렌의 작전을 눈치챘다. 그리고 어이없어 했다.

"너무 창천기사단을 과신한 게 아닌가, 프레이어 호트렌?"

저 작전이 성공하려면 두 가지 전제 조건이 필요하다.

첫 번째는 호트렌이 이끄는 본대가 릴스타인 왕국군의 본진을 속공으로 깨부숴야 한다는 것, 두 번째는 그동안 창천기사단이 무려 다섯 명이나 되는 초인급 소드하이어를 상대로 버텨내야 한다는 것이다.

"우린 그렇게 약하지 않다."

초인급의 전력을 빼고서도 릴스타인 왕국군은 충분히 강하다.

"그리고 창천기사단이 대륙 최강이었던 것은 어디까지나 이계구원자가 이끌 때의 이야기지."

만약 창천기사단이 버텨내지 못한다면 저 작전은 그대로

양날의 검이 되어 연합군에게 돌아갈 것이다. 앞뒤로 협공당한 채 손도 못 쓰고 패배하겠지.

그러므로 굳이 초인급 소드하이어들을 도로 불러들일 필요는 없다. 그저 명령을 바꾸기만 하면 된다.

'최대한 빠르게 창천기사단을 섬멸하도록!'

그렇다고 저들의 의도대로 마냥 따라가는 것도 기분 좋은 일은 아니었다. 그래서 로렌스는 거기에 명령을 하나 추가했다.

'한 명은 이쪽으로 와서 호트렌을 상대하고.'

동시에 릴스타인 왕국군 본진에서 깃발이 하나 올라갔다.

적색 갑주의 기사들이야 지배의 홀로 바로 명령을 내릴 수 있지만, 그들과 함께 행동하는 소드하이어들을 위해선 따로 지시를 보여줘야 하는 것이다.

곧바로 5인의 기사 중 한 명이 전장을 이탈했다. 채 포위망이 완성되지 않은 쪽에 서 있던 이였다.

적색 갑주의 기사가 창천기사단을 피해 몸을 날리며 빠른 속도로 본진으로 돌아간다. 그와 함께 움직이던 소드하이어들도 빠르게 그 뒤를 따른다.

멀어지는 상대를 보며 시한은 혀를 찼다.

"이런……"

하이어 로렌스의 생각을 대충 읽을 수 있었다.

초인급 소드하이어 1명이 연합군 본대를 상대로 시간을 끌며, 그 틈에 남은 4인이 창천기사단을 빠르게 궤멸시킬 셈이다. 호트렌의 작전을 그대로 역이용한 셈이다.

'호트렌의 예상보다 더 신중한 타입이잖아?'

이제 양측 모두 서로가 오래 버티는 쪽이 승리하는 구조가 되었다. 그리고 누가 봐도 이 상황은 릴스타인 왕국군이 유리했다.

"하긴, 전장의 일이 작전대로 착착 움직여 줄 리가 없지."

실망하긴 했지만 성시한은 당황하지 않았다. 예상과는 달라도 아직 4인의 기사는 여전히 발이 묶인 상태였다.

디재스터를 고쳐 쥐며 시한이 투기를 흘리기 시작했다.

"어쨌거나 이들을 처리해 버리면 결과는 같지."

호트렌의 작전을 순순히 받아들인 건 단순히 합리적이라는 이유 때문만은 아니다.

작전대로 움직이면서 시한의 주위엔 제논과 알리타, 디나, 창천기사단밖에 남지 않게 되었다. 전원 성시한의 진정한 정체를 아는 이들뿐이다.

용병왕의 후계자, 션 스테인이라면 버티는 것만도 벅찰 것이다.

하지만 이계구원자 성시한이라면 얼마든지 상대할 수 있다.

'뭐, 워낙 효과가 거창하니 무신기는 못 쓰겠지만.'

금빛의 검이 허공을 둥실둥실 떠다니거나 하늘에 없던 해가 하나 더 둥실 떠오르면 아무리 거리가 멀어도 다들 알아차리겠지.

하지만 순간적으로 무신급의 투기를 사용하는 것 정도는 충분히 가능하다.

"자, 그럼……."

말을 몰고 나가며 시한은 노성을 터뜨렸다.

"붙어볼까!"

디재스터의 창날이 푸른빛으로 찬란하게 빛났다. 적색 기사들 역시 투기강의 기세를 더더욱 키웠다.

"타아앗!"

시한이 기합을 터뜨리며 연격을 날렸다. 푸른 파괴의 빛이 소나기처럼 4인의 적색 기사를 향해 쏟아졌다.

콰콰콰쾅!

투기강과 투기강이 충돌하며 붉고 푸른 전격이 사방으로 방전했다.

비렛타는 적색 기사 중 한 명을 향해 돌진했다. 그리고 말의 높이를 이용해 상대의 머리 위에서부터 투기가 깃든 창을 길게 내찔렀다.

"하아압!"

적색의 기사는 간단히 공격을 피했다. 그리고 투기강으로 반격했다. 그 순간 그녀가 절묘하게 손목을 틀어 창의 궤적을 바꿨다.

평소엔 쌍검을 쓰는 비렛타였지만 마상 창술 역시 경지에 올랐다. 마치 뱀이 먹이를 노리는 것처럼 휘둘러진 창날이 투기강의 틈새를 파고들었다.

물론 아무리 경지에 올라봤자 기사급 소드하이어가 초인급에게 유의미한 타격을 주긴 힘들다.

과연 적색 기사는 다시 한 번 쉽사리 피하며 반격에 나섰다.

"크아아아!"

투기강이 창과 충돌하려는 순간, 비렛타가 무기를 뒤로 뺐다.

"흡!"

워낙 적색 기사의 반격이 빨라서 마치 보고 반응한 것처럼 보였지만 사실 무기를 뒤로 뺀 건 그녀가 먼저였다.

애초에 제대로 공방을 나눌 생각이 없었던 것이다.

'초인급씩이나 되는 작자가 내 공격에 맞을 리가 없지.'

비렛타 수준에서 초인급과 공방을 나누면 채 몇 초 지나지도 않아 바로 목이 잘릴 것이다. 그 정도로 스피드 차이가 현저하다.

목적은 어디까지나 상대의 의식을 유도하는 것뿐.

"우드로우!"

기다렸다는 듯이 반대편에서 우드로우가 화살을 쏘아냈다. 달리는 말 위에서도 평지처럼 일체의 흔들림 없이 시위를 당긴다.

"진천기, 연사!"

세 개의 화살이 허공을 갈라 정확히 목표를 노렸다.

적색 기사가 재차 투기강을 휘둘러 화살을 걷어냈다. 화살이 일제히 폭발하며 대기를 흔들었다.

콰콰쾅!

"크르르……."

화살을 치운 적색 기사가 짐승의 울음을 흘리며 우드로우를 돌아보았다.

방금 날아온 화살은 무시할 수 있는 위력이 아니었다. 등 뒤에서 집중하지 않은 채로 맞는다면 초인급이라도 충분히 부상을 입을 수 있었다.

저 대머리부터 처리해야 한다.

본능적으로 그런 판단을 내린 적색 기사가 땅을 박차고 날아올랐다. 그리고 말을 몰며 멀어지는 우드로우를 순식간에 따라잡았다.

한쪽은 말 타고 달리고 한쪽은 두 발로 뛰는데 후자가 더 빠르다. 초인급의 신체 능력이 얼마나 사기적인지 보여주는 명쾌한 광경이다.

하지만 우드로우는 당황하지 않았다.

"흥! 우리가 초인급 한두 번 만나본 줄 알아?"

우드로우를 쫓는 적색 기사의 좌우로 2기의 창천기사단이 파고들었다. 멀리서 긴 창에 투기를 실어 강하게 휘두른다.

"으랏차!"

"이거나 먹어라!"

적색 기사는 굳이 피하려 하지 않았다. 그저 전신 갑옷에 투기를 끌어올렸다. 그것만으로도 창날에 깃든 투기검이 가볍게 튕겨나가 전격을 피웠다.

파지지직!

투기의 위력이 너무 극심하게 차이 나는 것이다.

초인급이 작정하고 방호 투기를 온몸에 두르면, 기사급 정도는 자세 무시하고 전력으로 찔러도 뚫을 수 없을 정도로 가공할 방어력을 얻을 수 있다.

이어서 적색 기사가 투기강을 길게 늘려 반격했다. 하지만 어느새 좌우의 창천기사들은 사정거리 밖으로 몸을 뺀 후였다.

"으아, 역시 초인급⋯⋯."

"무식하게 튼튼하네."

이미 창을 찌를 때부터 말고삐를 잡아당겨 도주할 준비를 갖춘 후였다.

무술 자세로 치면 엉덩이 뒤로 쭉 뺀 채 팔만 앞으로 내밀어 칼로 콕콕 찌르는 식이랄까? 덕분에 아슬아슬하게 투기강을 피할 수 있었다.

물론 저런 자세론 절대 위력적인 공격을 가해도 할 수 없겠지만, 별 상관은 없다.

제대로 위력적인 공격을 가해도 어차피 안 통하니까!

창을 높이 쳐들며 비렛타가 호기로운 외침을 터뜨렸다.

"가자, 동지들이여!"

우드로우 역시 화살을 시위에 재며 외침을 이었다.

"하던 대로 하면 돼! 우리는 그렇게 살아남았다!"

초인급 소드하이어를 상대하는 창천기사단 내부의 룰이 있다. 과거 창천기사단의 4대장이었던 에세드와 실피스가 만든 룰이다.

나비처럼 날아서 벌처럼 쏘지 마라! 그러다 투기강 찍 맞고 벌레처럼 죽는다!

사과를 깎듯이 외부에서 자잘자잘, 야금야금, 상대의 신경을 긁어라! 시간 끄는 데는 이게 최고다!

욕심 부리지 마라! 초인급 죽인다고 초인급 되는 거 아니다! 살아남는 게 이기는 거다!

두 사람을 필두로, 창천기사단은 연신 적색 기사를 둘러싸고 빙빙 돌며 치고 빠지기를 반복했다.

마치 회전목마를 연상케 하는 광경이었다. 회전목마와 달리 그 속도가 무시무시하긴 했지만.

적색 기사를 따르던 릴스타인 측 소드하이어들이 흥분해 달려들었다.

"이놈들이?"

"그대들의 상대는 우리다!"

대장과 달리 저 소드하이어들은 모두 제대로 승마술을 익히고 있었다. 일제히 말을 몰고 나서며 창천기사단의 움직임을 쫓았다.

혼탁한 난전이 벌어졌다.

창천기사단은 차분히 대응했다. 이런 난전은 십여 년 전에 이미 지겹도록 겪은 그들이었다.

초인급 소드하이어와 20인의 소드하이어를 상대로, 우드로우와 비렛타가 이끄는 15인의 창천기사단은 계속해 전투를 벌였다.

쉴 새 없이 전장을 달리며 화살을 쏘아내던 우드로우가 문득 의아해했다.

'좀 이상하군.'

아무리 창천기사단이 이런 전투에 익숙하다지만 결코 여유 부릴 상황은 아니다. 실제로 혁명전쟁 시절, 아무리 훌륭히 작전을 수행해도 10~20명씩 죽어나가는 경우가 허다했다.

그런데 아직 아무도 죽지 않았다. 수월하다고 할 정도는 아니지만 다들 그럭저럭 버티고 있다.

저 적색 기사의 검술이 이상할 정도로 단순하기 때문이었다.

'기분 탓인가? 이 작자, 초인급 주제에 검술은 어째 견습생 수준인 것 같은데?'

＊　　　＊　　　＊

제논과 알리타는 휘하의 창천기사단을 이끌고 또 한 명의 적색 기사와 소드하이어들을 상대하고 있었다.

우드로우 측과 전술은 같았다.

유효타 따윈 깔끔히 포기하고, 제 몸 지키기에만 열중하며 오직 시간을 끄는 것.

어찌나 손발이 딱딱 맞는지 적색 기사 휘하의 소드하이어들은 파고들 틈도 찾을 수가 없었다.

"타앗!"

"어림없다! 릴스타인의 개들아!"

창천기사단과 릴스타인 측 소드하이어들이 서로 교차해 지나간다. 그 뒤로 어김없이 선혈이 솟구친다.

"크아아악!"

대부분 릴스타인 측 소드하이어들의 피였다.

창천기사단의 경지 자체는 사실 다른 왕실기사단보다 크게 뛰어난 점이 없다. 우드로우를 제외하곤 다들 기사급 후반의 경지에 머무른 수준이다.

하지만 경험과 센스에선 비교가 안 된다.

자고로 고기도 먹어본 놈이 잘 먹고, 사람도 베어 본 놈이 잘 베는 법.

투기량이나 경지는 비슷해도 전투의 경력은 천지 차이였다. 기사도 따지는 이들이 수치로 여기는 합공조차도 능숙하게 해내니, 숫자는 적어도 오히려 창천기사단 쪽이 유리한 상황이었다.

네 자루의 창에 찔려 절명한 동료를 보며 릴스타인 측 소드하이어들이 분노를 터뜨렸다.

"이름 높은 창천기사단이 여럿이서 한 사람을 핍박하다니!"

"그대들은 기사도도 모르는가?"

물론 창천기사단은 눈도 깜빡하지 않았다.

"얘들은 우리 이야기도 안 들어봤나?"

"우린 원래 여럿이서 한 사람 팼어."

"정확히는 여럿이서 한 사람에게 얻어터졌지? 상대가 죄다 초인급이었잖아!"

뻔뻔함을 넘어서 자랑스러워하는 것처럼 보일 지경이었다. 그래서 제논은 작게 투덜거렸다.

"아니, 솔직히 치사한 전술인 건 맞지."

알리타는 오히려 감명 받은 표정이었지만.

"난 훌륭한 전술이라고 생각하는데……."

알리타가 중얼거리며 다시금 적색 기사를 향해 몸을 날렸다.

"타앗!"

고작해야 기사급 초입 수준인 그녀가 무려 초인급 소드하이어를 상대로 뭘 할 수 있겠냐마는, 의외로 현재 가장 활약하는 이는 알리타였다.

'잠형기!'

어둠과 동화하여 모습과 투기를 감추며 알리타는 상대의 시선에서 벗어나 계속 유효타를 날렸다. 빗살처럼 쏟아지는 투기강도 자리를 옮겨버리면 옆 동네에 내리는 비일 뿐이었다.

알리타의 움직임을 쫓지 못한 적색 기사가 흥분한 듯 신음을 흘렸다.

"크으으!"

어둠과 동화해 그림자와 그림자 사이를 은밀하게 움직일 수 있는 잠형기는 사실 일대일 대결에선 그렇게 큰 효용이 없다.

동화할 어둠이 상대방의 그림자 하나뿐이니까.

레비나의 고유 투기술 은형살처럼 어둠을 넘어 빛과 동화하는 경지에 다다른다면 허공에서도 자유로운 은신과 현혹이 가능하겠지만 지금의 알리타에겐 실로 요원한 경지.

한밤중이거나 주변 지형지물이 복잡해 그림자가 다양한 경우라면 모를까, 탁 트인 들판 같은 데선 의외로 쓸모없는 투기술이 잠형기였다.

그러나 지금처럼 혼탁한 난전 상태라면 잠형기의 효율은 놀라울 정도로 올라간다.

사방이 사람이고, 또 그림자인 것이다.

적아가 뒤섞여 복잡하게 움직이고, 그에 따른 그림자 역시 복잡하게 자리를 바꾸고 또 바꾼다.

그 속에서 알리타는 실로 현란하게 사라지고 나타나기를 반복했다.

그런 그녀의 움직임을 적색 기사는 전혀 따라잡지 못했다.

정상적인 초인급 소드하이어라면 그녀의 이동을 충분히 예측할 수 있었을 것이다.

하지만 알리타가 어둠에 몸을 숨길 때마다 적색의 기사는 착실하게 그 위치에 투기강을 날리고 있었다. 페인트를 거는 족족 낚이는 꼴이었다.

신출귀몰하게 적색 기사 주위를 맴돌며 알리타는 연신 투기검을 뻗어냈다. 유효타는 포기한, 어디까지나 '사과 깎기'에 충실한 공격이었다.

"타앗! 타아앗!"

반면, 제논은 의외로 고전하는 중이었다.

다른 창천기사단과 달리 그는 마상임에도 창을 쓰지 않았다. 투 핸디드 소드라면 말 위에서도 충분히 사정거리가 나오니까.

말 위에서 한 손으로 투 핸디드 소드를 휘두르며 평소처럼 우아하고 무식하게 피더페히트를 펼치는데…….

"크아아!"

화려하게 파고드는 제논의 공세를 적색 기사가 그대로 받아쳤다. 알리타를 쫓는 걸 포기하고 제논을 노리며 시뻘건 투기강을 날려댔다.

아무리 제논의 검이 무식하다고 해도 투기강과 비교하면 격차가 심하다. 부딪히면 일격에 박살 난다.

허겁지겁 말고삐를 당겨 물러나며 제논은 식은땀을 흘렸다.

'크윽! 이것도 안 통하나!?'

흔해 빠진 서부 검술 피더페히트가 '제논의 육체 능력'과

'한손으로 쓰는 투 핸디드 소드'라는 무식한 결합으로 인해 한 치 앞을 알 수 없는 괴상망측한 검술이 되었다.

즉 피더페히트를 모르면 저게 괴상한 건지 아닌지도 모르는 것이다.

정상적인 초인급이라면 절대 안 속을 알리타의 잠형기에는 백발백중으로 걸려들면서, 적색의 기사는 정작 성시한과 카렌조차도 감탄한 제논의 검술에는 눈곱만큼도 반응하지 않았다.

"크아아아!"

제논이 페인트를 걸든 말든 죄다 무시한 채 연신 공세를 취하고 또 취한다.

궁합이 너무 안 좋다.

그나마 평소 성시한과 대련을 자주 해 초인급을 상대하는 요령이 몸에 붙었기에 망정이지, 아니었으면 벌써 썰렸을 것이었다.

물론 이대로 좀 더 지체하면 아무리 제논이 요령이 좋아도 어차피 썰릴 판이었다.

결국 투기강이 제논의 말을 시원하게 갈라 버렸다.

파아아앗!

피분수 속에서 제논은 땅바닥을 데굴데굴 굴렀다. 창천기사들 몇 기가 허겁지겁 그에게 달려왔다.

"제논 대장!"

"교대합세!"

"차라리 저치들을 맡아줘!"

적색 기사 휘하의 소드하이어들을 상대하던 이들이었다. 초인급의 발목을 잡는 건 창천기사단이 더 잘하니 달인급의 그 실력으로 일반 소드하이어나 맡으란 소리였다.

"아, 알았소!"

허겁지겁 제논이 빠져나가고 그 자리를 창천기사단이 채웠다.

아무리 적색의 기사가 언밸런스한 기량을 지니고 있다지만 명색이 초인급 소드하이어다. 일단 허점을 보였으니 그 대가가 없을 수는 없다.

"으아아아!"

포효와 함께 붉은 투기강이 대지를 갈랐다. 창천기사단이 무슨 짓을 해도 피할 수 없는 일격이었다.

그래서 이들은 습관처럼 움직였다.

"미안하다! 제니!"

"용서해라! 실버!"

둘 다 그들의 애마(愛馬) 이름이었다. 아니다 싶은 순간 깔끔히 말을 포기하고 제 한 몸 빼낸 것이었다.

동강 난 말들이 대지를 피로 적신다. 그 광경을 지켜보며 간신히 피한 창천기사들이 혀를 찼다.

"아우, 또 죽었어."

"오늘 저녁도 말고기네."

말을 버려가며 자기 목숨 살리는 것도 창천기사단의 오랜 전통 중 하나였다.

"어쩌겠어, 우리가 원래 이렇게 싸우는데?"

창을 버리고 검으로 고쳐 쥐며 두 창천기사가 싸늘하게 웃었다.

"그러니 이렇게 싸워야지. 사과 깎듯이 깎고, 깎고, 또 깎고."

"깎깎깎깎……."

장난스런 농담마저 나누며 둘은 눈앞의 적색 기사를 노려보았다.

목숨이 오락가락하는 와중에 이 무슨 말도 안 되는 여유냐 싶겠지만 이 역시 긴장을 완화하는 오랜 경험에서 나온 것이었다.

아무리 검술이 어설퍼도 상대는 초인급 소드하이어, 일국의 전술 병기 취급을 받는 괴물 중의 괴물이다.

한 번이라도 실수하면 개처럼 죽어간다.

저 투기강에 스치기만 해도 팔다리 하나쯤은 우습게 잘리고 만약 유효타라도 맞으면 그 순간 절명이다.

그야말로 절벽 끝에서 외줄타기를 하는 아슬아슬한 상황.

지금도 저 선명한 투기강을 보고 있노라면 입안이 바짝바짝 마르고 뇌리가 타들어가는 기분이다.

여기서 필요한 것은 긴장을 하는 쪽이 아니라 긴장을 푸는 쪽인 것이다. 어차피 긴장은 하기 싫어도 엄청나게 하게 되어 있으니까.

눈을 빛내며 창천기사들이 다시금 움직였다.

"자, 간다!"

"타아아앗!"

*　　　*　　　*

발이 묶인 4인의 적색 기사.

그중 1인은 우드로우와 비렛타가 감당하고 있다. 다른 1인은 제논과 알리타 측이 전투 중이다.

나머지 2인은, 성시한이 홀로 상대하고 있었다.

장창으로 바꾼 디재스터를 쥔 채 두 적색 갑옷의 기사 주위를 빙빙 돌며 시한은 고민했다.

'최대한 빨리 처리해야 한다. 하지만 너무 티가 나면 안 돼.'

무신급의 경지를 드러낼 순 없다.

갈렌 민족의 젊은 초인급 소드하이어가 등장한 시점에서

이미 의심은 샀다. 하지만 저 의심을 확신으로 만들어 줘서는 안 된다.

의심이 확신이 되는 순간, 배신자들은 각자 대비하는 수준에서 서로 힘을 합치는 쪽으로 바뀔 것이다.

어디까지나 션 스테인, 용병왕의 후계자가 보일 수 있을 법한 수준의 실력만으로 해치워야 한다.

하지만 그렇다고 마냥 션 스테인으로만 싸울 수도 없었다. 정체를 감추겠다며 시간을 너무 끌다가 혹여 창천기사단을 잃게 된다면 결코 자신을 용서하지 못할 것이다.

'그러니……'

적당히 초인급인 척하다가, 격돌 순간 바로 투기를 퍼부어 일격에 끝낸다!

"타아앗!"

패왕기를 끌어올리며 시한은 적색 기사를 향해 공세를 펼쳤다. 상대 역시 검을 휘둘러 맞섰다. 허공에서 투기강이 몇 차례나 서로 충돌했다.

순간 성시한의 표정이 묘해졌다. 어째 상대의 움직임이 익숙했다.

능숙할 정도로 자연스러운 투기술의 흐름.

그에 비해 어이없을 정도로 빈약한 검술의 경지.

"어, 이거……"

그는 예전에 이런 괴상한 상대를 만나본 적이 있었다.

'…래디언스 원에서 만났던 그 디재스터 도둑놈?'

디재스터를 미련 없이 내던지고 도주했던 당시의 흑인 기사를 떠올리며 성시한은 눈을 가늘게 떴다.

눈앞의 이 적색 갑주의 기사들은 놀랍도록 그자와 느낌이 비슷했다. 죄다 똑같은 차림에 얼굴까지 감추고 있어 구별은 안 되지만.

'혹시 무슨 관계가 있나?'

비단 이 둘뿐만이 아니었다. 다른 2인의 기사도 마찬가지였다.

모두들 미숙한 검술과 노련한 투기술이라는 불균형을 지니고 있다.

'어쩌면 이들 중 한 명이 당시 그 도둑놈이었을지도 모르겠군.'

하지만 그렇다고 단언하기엔 또 정황이 애매했다.

"크아아!"

포효하며 적색 기사들이 시한의 좌우로 돌아 접근해 왔다.

좌측의 기사가 투기강을 길게 늘려 공세를 펼쳐온다. 반대편에선 허공에 검을 내려치며 투기탄을 쏘아낸다.

"어딜!"

날아드는 붉은 섬광을 향해 성시한은 장창을 길게 떨쳤다.

패왕기가 투기강과 투기탄을 동시에 베어내며 모든 공세를 무력화시켰다.

굉음과 함께 대기가 울리며 붉은 파문이 웅장하게 퍼져나갔다.

퍼퍼펑!

사그라지는 붉은빛을 보며 시한이 중얼거렸다.

"투기술이 달라."

당시 그 흑인 기사는 테오란트의 염룡기와 뇌신기를 구사하고 있었다.

반면 이들의 투기강은 똑같은 붉은색 계통이라도 색상이 좀 더 연했다. 투기의 흐름도 전혀 딴판이었다.

튕겨나간 두 적색의 기사가 재차 공격을 가해왔다.

"크아아!"

"아우우!"

디재스터를 휘두르며 성시한은 몇 차례나 공방을 나눴다. 그리고 그 흐름 속에서 상대의 투기술을 면밀히 관찰했다.

'이건 홍련기군.'

홍련기(紅蓮氣)는 릴스타인 왕국 기사단장 하이어 엔다윈의 투기술이다. 고유 투기술이라 칭할 정도로 터득 난이도가 높지는 않아 홍룡기사단 내에서도 꽤 익힌 이가 많았다. 그러니 이들이 홍련기를 사용하는 것은 별로 어색하게 볼 일이 아니었다.

그리고 그 도둑의 배후에 정말 릴스타인이 있다 해도 염룡기나 뇌신기를 구사하는 이들을 전장에 드러낼 리는 만무했다.

'래디언스 원의 범인이 릴스타인 자신이라는 걸 알리는 꼴이 될 테니까.'

일단 이들 중에 당시 그 흑인 기사는 없다.

시한은 확신했다. 그리고 속으로 피식 웃었다.

'사실 이렇게까지 복잡하게 추측하지 않아도 답은 뻔하지만.'

당시 그 흑인 기사는 신장이 190㎝에 달하는 거구였다. 반면 이들은 시한과 그리 차이가 크게 나지 않는다.

'작은 사람이 거구인 척하는 거야 어깨뽕(?)을 넣든 키높이 신발을 신든 해서 어떻게든 위장이 되겠지만, 그 반대는 불가능하잖아?'

하지만 분명히 관련은 있을 것이다. 이런 특이한 타입이 우연히 세상에 또 나왔을 거라고 생각하긴 힘들다.

'어? 그럼 죽이지 말고 생포해야 하나? 그래야 정보를 캐낼 테니⋯⋯.'

시한은 적색 기사들을 노려보며 잠시 갈등했다.

이들을 생포하는 거야 별로 어려운 일이 아니지만 선 스테인의 실력만으로 생포하려면 꽤 시간이 걸릴 터였다. 그리고 그는 시간을 끌 처지가 못 되었다.

하지만 이 문제도 금방 해결책을 찾았다.

'이 둘은 후딱 정리하고, 저쪽 놈들 중 하나를 생포하면 되겠군!'

결정을 내린 시한이 말을 박찼다.

"이랴!"

＊　　　　＊　　　　＊

짧게 호흡하며 성시한은 연속으로 장창을 찔렀다. 푸른 섬광이 적색 기사들의 갑주를 연거푸 강타해 뇌전을 피워냈다.

파지지직!

쏟아지는 공세를 막아내며 적색 기사들도 투기강을 휘둘렀다. 하지만 그들의 참격은 시한에게 닿지 못했다.

여유롭게 공격과 방어를 교차하며 시한은 적색 기사들을 압박해 갔다. 딱히 이계구원자의 진신을 드러내진 않았다.

션 스테인 수준의, 투기진을 익히지 못한 초인급 초반 정도의 기량만을 선보이는데도 계속 유리한 고지(高地)를 선점한다.

정말로 '높은' 위치에 올라 있었으니까.

'말 탄 놈을 두 발로 뛰는 놈이 상대할 수 있을 리가 없잖아?'

마상(馬上), 상대보다 월등히 높은 곳에서 시한은 계속 공세를 이어갔다. 인마일체가 되어 날뛰는 그 움직임을 적색 기사들은 따라잡지 못했다.

어지간한 소드하이어는 전마의 기동력을 따라가기 힘들다. 달인급쯤 되면 신체 능력이 말의 육체 능력을 상회하는지라 마상 전투가 딱히 유리함이 없어지지만, 초인급은 또 상황이 다르다.

초인급 소드하이어는 자신의 투기를 이용해 타고 있는 말의 신체 능력조차도 크게 끌어올릴 수 있는 것이다.

"크아아!"

적색 기사 하나가 포효하며 몸을 날렸다. 단숨에 수 미터를 뛰어올라 말 위의 시한에게 투기강을 내려친다.

반대쪽에선 오히려 신체 중심을 낮추며 하단으로 파고들었다. 시한이 타고 있는 말을 향해 붉은 섬광을 찔러간다.

"어딜!"

콧방귀를 뀌며 성시한은 고삐를 당겼다. 전마가 옆으로 뛰며 붉은 투기강을 피해냈다. 시한의 투기로 인해 한껏 증폭된 반응 속도 덕에 가능한 일이었다.

동시에 한 손으로 장창을 휘둘러 허공의 적을 후려갈긴다.

투기강이 서로 충돌해 파공음을 일궜다. 대기가 찢어지며 뇌성이 울렸다.

찌엉!

격타당한 기사가 추락하며 바닥을 데굴데굴 굴렀다. 반대편 역시 아무것도 못 해보고 다시 거리를 벌렸다.

뒤이어 시한의 참격이 두 기사들을 향해 쏟아졌다.

"타아아앗!"

붉은 투기강을 휘두르고 방호 투기로 갑옷을 보호하며, 적색 기사들은 어떻게든 맞서 싸우려 했다. 하지만 도저히 방법이 없었다.

높이에서 밀리고 사정거리도 불리한데 기동력마저 미치지 못한다. 투기강을 길게 늘여 말부터 처리하려 해도 그 시도는 말 위의 시한이 칼같이 차단한다.

적색 기사가 투기강을 길게 늘일 수 있다면 성시한 역시 마찬가지다. 패왕기를 길게 늘여 말 쪽으로 오는 공격을 모조리 걷어내는 것이다.

시한이 쾌소를 흘렸다.

"소용없어! 자기 말 보호하는 건 마상 전투의 기본이거든?"

뭐, 창천기사단은 수틀리면 타던 말 버리는 게 아주 습관이 되어 있지만 그거야 저쪽이 워낙 특이한 케이스일 뿐이고.

패왕기의 푸른빛이 시종일관 상대를 몰아붙였다. 점점 적색 기사들의 손발이 어지러워졌다.

그러던 중이었다.

결국 한 명이 허점을 드러냈다. 지나치게 크게 휘두른 일격에 가슴께가 텅 비었다.

'기회!'

눈을 빛내며 시한은 창을 뒤로 당겼다. 그리고 섬전처럼 찔러갔다.

"패왕기, 격멸(擊滅)!"

적색 기사도 무방비로 당하진 않았다. 푸른 섬광이 번뜩이는 순간 붉은빛이 상대의 갑주 전체를 뒤덮었다. 방호 투기로 공격을 막아내려는 것이었다.

하지만 시한은 여기까지 예상하고 있었다.

'훗!'

순간 패왕기의 푸른빛이 심해를 연상케 하는 흑청색으로 바뀌었다. 무신급의 투기량을 일시지간에 쏟아낸 것이다.

디재스터가 상대의 투기를 뚫고 갑옷을 부수며 심장을 꿰뚫었다.

"끄어어억……."

피를 쏟으며 적색 기사가 그대로 절명했다.

시한이 창을 휘둘러 피를 털어내며 사신처럼 싸늘한 미소를 지었다.

"좋아, 한 놈 처리했고."

　　　＊　　　　　＊　　　　　＊

　하이어 로렌스는 전투를 이어가다 말고 경악했다. 허리춤에 찬 지배의 홀을 통해 뇌리로 정보가 흘러들어온 탓이었다.

　지배의 홀과 이어진 개체 중 하나가 소멸했다는 정보였다.

　'뭐야? 3번이 당했다고?'

　저 정체불명의 초인급 소드하이어들에겐 이름이 없다. 릴스타인은 가르쳐 주지 않았고, 저들도 자기소개 따윈 하지 않았다.

　하지만 명령해야 하는 입장에선 반드시 개체를 구별할 필요가 있는 것이다.

　그래서 로렌스는 대충 1번, 2번 하는 식으로 저들을 부르고 있었다. 이 무성의한 태도는 역시 저들에 대한 무의식적인 거부감 때문이었다.

　어쨌든 아무리 호칭이 무성의하다 해도 저들이 초인급의 경지에 올랐다는 점은 변하지 않는다.

　'초인급이 이렇게 빨리? 도대체 누구에게 당한 거지?'

　당황한 로렌스는 상황을 파악하려 했다. 하지만 방법이 없었다.

　로렌스와 그가 지휘하는 홍룡기사단, 그리고 릴스타인 왕국군의 본대는 호트렌이 이끄는 E—L 연합군의 본대와 필사적인 전투를 벌이는 중이었다.

어딜 둘러봐도 혼탁한 난전 속인데 거기서 멀리 떨어진 창천기사단의 상황을 살필 수 있을 리가 없지.

"젠장!"

로렌스는 욕설을 흘리며 눈앞의 기사를 향해 투기검을 휘둘렀다.

"타아아앗!"

*　　　　*　　　　*

호트렌 역시 적색 기사 중 한 명이 사망했음을 눈치채고 있었다.

'놀랍군.'

프레이어에게도 소드하이어처럼 기적 감지 능력이 있다. 투기 대신 신성력으로 주변 상황을 파악하는 디바인 센스라는 능력이다.

백금의 위계를 지닌 호트렌은 로렌스와는 비교도 되지 않을 정도로 디바인 센스의 범위가 넓었다. 그래서 난전 속에서도 초인급 소드하이어 하나가 사라졌음을 이내 알아챌 수 있었다.

그 초인급 소드하이어가 션 스테인이 상대하던 이라는 것 또한.

'저 청년, 생각보다 더 강하지 않은가?'

거리가 멀어 자세한 상황까진 알 수 없었다. 성시한이 발한 무신급의 투기량 역시 워낙 순간적으로 일어난 것이라 파악이 불가능했다.

호트렌이 알아챈 것은 그저 션 스테인이 두 초인급을 상대하며 이렇게 빨리 한 명을 처리했다는 사실뿐이었지만 그것만으로도 충분히 감탄할 일이었다.

'과연, 저 정도의 천재이니 그 까칠한 바락 영감님이 택했겠지.'

그는 과거 용병왕 바락이 후계자 좀 찾고 싶다며 얼마나 징징댔는지 잘 알고 있었다. 패왕기가 얼마나 익히기 더러운 난이도를 가졌는지도.

올해 쉰인 호트렌이 영감님이라 부를 정도로, 당시 바락은 80이 다 된 나이였다. 초조하긴 초조했는지 후계자 말만 꺼내면 예민한 반응을 보이곤 했었다.

'그 제논이란 청년도 겉보기와 달리 아직 23살이라 했었나? 둘 다 대단하군.'

그렇게 아무 생각 없이 감탄하던 중이었다.

문득 호트렌의 심중에 의구심이 피어올랐다.

그렇다 해도 너무 젊고, 너무 과하게 강하다.

'아무리 천재 중의 천재라 해도 과연 저 나이에 저 경지까지 오를 수 있는 건가?'

사실 테라노어에 젊은 강자가 적지는 않다.

당장 호트렌이 섬기는 카렌 이나시우스는 이십 대 초반에 이미 절대 강자로 군림하고 있었다. 젝센가드도 삼십 대 초반에 초인급 중에서도 최강 반열에 속했다. 현재 대륙에 둘뿐인 플로어 마스터, 릴스타인과 사파란도 아직 삼십 대 중반이다.

게다가 이계구원자 성시한과 시프 퀸 레비나는 명성을 떨칠 당시 무려 십 대의 나이였다!

오죽하면 삼십 중반이었던 테오란트가 늙은이 취급을 받았을 정도로, 당시 혁명 7영웅들은 하나같이 젊고 강력했다.

'그러니 저 정도의 천재가 세상에 또 나오지 말란 법은 없겠지만······.'

하필이면 그 천재가 흑발 흑안에 패왕기를 능숙하게 구사하는 청년이고, 저 자존심 드높은 창천기사단이 순순히 복종하는 걸 넘어서, 마치 오랜 지인이라도 만난 것처럼 지나치게 스스럼없이 굴고 있었다면?

'···설마?'

무심코 말도 안 되는 생각이 잠간 떠올랐다. 하지만 호트렌의 의문은 이어지지 못했다.

눈앞의 적색 갑주의 기사, 릴스타인 왕국의 초인급 소드하이어가 또다시 공세를 펼친 것이다.

"크아아아!"

쇄도하는 붉은 투기강에 맞서 호트렌은 허겁지겁 신성검으로 맞섰다.

"타앗!"

은빛의 신성검이 붉은 투기강과 어우러져 광채를 밝힌다.

한창 전투 중인데 딴생각 따위 할 겨를이 있을 리가 없다. 정신없이 공방을 나누며 잠깐 피어났던 의문은 이내 사그라져 버렸다.

*   *   *

성시한은 마상 전투를 훌륭히 해내며 남은 적색 기사 한 명을 몰아붙이고 있었다.

반면 현재 호트렌은 두 발로 땅을 딛고 적을 상대하는 중이다. 타고 있던 전마가 상대의 투기강에 두 동강 난 탓이었다.

'쳇, 다른 건 몰라도 소드하이어가 이건 부럽단 말이야.'

동급으로 취급받는 초인급 소드하이어와 백금위의 프레이

어지만, 프레이어가 소드하이어보다 확실하게 불리한 점도 하나 있었다.

프레이어는 프린처럼 타인을 치유하거나 강화시킬 수 없다. 그들의 권능은 오로지 자기 자신에게만 귀속된다.

즉 백금위의 프레이어는 초인급 소드하이어처럼 타고 있는 말을 신성력으로 강화하거나 할 수는 없는 것이다.

상대가 달인급 이하라면 어쨌거나 말 타고 있는 게 유리하지만 초인급을 상대로 하면 탄 말이 상대의 속도나 위력을 따라잡지 못한다. 호트렌도 나름 애썼지만 결국 애마를 잃는 신세가 되었다.

"크아아!"

지상으로 내려온 호트렌을 향해 적색의 기사가 매섭게 돌격한다. 연신 붉은빛의 검을 휘두르며 어설픈 검술을 펼쳐댄다.

"흥! 이 정도쯤이야!"

호트렌은 신성검으로 어렵지 않게 상대의 공격을 막아냈다. 붙어보니 왜 클레르망을 상대로 초인급이 셋이나 달려들었는지 알 수 있었다.

검술이 워낙 어설퍼 아무리 투기량이 높고 투기술이 충실해도 상대하기 어렵지 않다.

'하지만 죽이기는 어렵군.'

치명타를 먹이려고만 하면 좌우에서 협공이 들어오는 것이다.

"합공은 기사의 도리가 아니지만……."

"명성 높은 백금위의 프레이어를 상대로!"

"힘을 합치지 않는 것 역시 무례한 일이겠지!"

홍룡기사단 네 기가 적색 기사를 도와 호트렌을 압박한다.

옆구리로 날아드는 투기창을 피하느라 겨우 잡은 승기를 놓친 호트렌이 욕설을 내뱉었다.

"젠장!"

창천기사단처럼 홍룡기사단 역시 초인급을 압박하는 기본적인 전술 정도는 익히고 있는 것이다.

물론 창천기사단보단 기량이 많이 뒤떨어져, 아군 초인급 소드하이어와 함께 싸워야 하는 수준이었다. 창천기사단이야 초인급의 도움 없이도 자체적으로 압박할 수 있지만 보통은 이 정도가 한계다.

그래도 상대하는 호트렌 입장에선 침이 바싹바싹 마르고 있었다.

'크윽, 이대로 시간을 끌면 끌수록 불리해지는데…….'

적색 기사를 처리하자니 좌우의 홍룡기사들이 그냥 놔두질 않는다. 그렇다고 빠르고 가벼운 연격을 날리면 상대를 벨 수가 없다.

저 적색 기사는 검술은 어설픈 주제에 투기술은 또 노련하기 그지없었다.

투기 방어가 너무 철저해 어지간한 공격으론 유효타가 되지 않는 것이다. 그냥 갑옷 위의 투기에 충격을 주는 것이 전부다.

'정말 균형이 안 맞는 상대로군!'

이대로라면 정말 시간 질질 끌다 패하게 생겼다. 공방을 나누는 와중에도 호트렌은 침착하게 상황을 타개할 방법을 찾았다.

그런 그의 눈에, 조금 멀리 떨어진 곳에서 한창 전투 중인 하이어 로렌스가 보였다. 청월기사단과 매서운 검격을 교환하는 그를 향해 호트렌은 눈을 빛냈다.

아무리 국지적으로 대등한 전투를 이어가도 수뇌가 사라지면 무너지는 것이 군대인 법.

'머리부터 노린다!'

전투를 지속하며 그는 기회를 기다렸다. 적색의 기사가 그런 호트렌의 우측으로 접근해 길게 투기강을 올려쳤다.

"크아아!"

순간 호트렌이 신성검을 강하게 내려쳤다. 동시에 땅을 박찼다.

투기강과 신성검의 충돌, 거기에 호트렌의 도약력이 절묘하게 결합되었다. 순식간에 호트렌이 상대의 사정거리를 빠져나와 하이어 로렌스 쪽으로 날아들었다.

"헉!"

다가오는 가공할 살기를 느낀 로렌스가 허겁지겁 방패를 들어 투기를 부여했다. 하지만 호트렌이 더 빨랐다.

"크론 리자테시여!"

여신의 이름을 외치며 그는 일격에 로렌스의 방패를 박살냈다. 비산하는 파편 속에서 로렌스가 크게 밀려 말에서 떨어졌다.

바로 뒤쫓으며 호트렌이 일검을 뻗었다.

"타아앗!"

하지만 로렌스도 호락호락한 인물은 아니었다. 비록 달인급의 벽을 부수진 못했지만 수많은 전투를 겪은 베테랑 중 베테랑답게 그 와중에도 몸을 틀어 공격을 피해냈다.

덕분에 목을 노린 호트렌의 신성검이 로렌스의 옆구리를 베고 지나갔다.

콰직!

갑옷은 물론이고 차고 있던 검집까지 박살 나며 피가 솟구쳤다. 중상이지만 그래도 목이 날아가는 것보단 나을 테니, 훌륭히 피했다고 봐도 좋으리라.

그런데 로렌스의 안색이 창백해졌다.

"아차!"

그가 옆구리에 차고 있었던 것은 검집만이 아니었다. 릴스타인으로부터 직접 하사받은 기물 역시 함께 차고 있었다.

그리고 그 기물 역시 지금 신성검에 박살 나버렸다.

'지, 지배의 홀이!'

*　　　*　　　*

우드로우와 비렛타, 그리고 휘하의 창천기사단은 적색의 기사를 상대로 용맹하게 싸웠다. 평생 갈고닦은 무수한 경험을 통해 그들은 열심히 시간을 끌고 있었다.

그 전투에 여유 따윈 전혀 없었다.

상대는 초인급 소드하이어, 인간을 아득히 초월한 스피드와 파워를 가진 존재다.

한 걸음 내디딜 때마다 순식간에 시야에서 사라진다.

일검을 내뻗을 때마다 대기가 찢어지고 땅이 갈라진다.

스치는 것은 물론이고, 제대로 피한다 해도 거리가 가까우면 투기강의 폭풍에 휘말려 피를 토하는 잔혹한 상황.

우드로우는 이를 악물었다.

'크윽, 얼마나 더 시간을 벌어야 하는 거지?'

실제로 전투가 개시된 지는 얼마 지나지 않았다. 하지만 극도로 긴장된 전투 속에선 1초도 억겁처럼 느껴지는 법이다.

이미 양팔이 피로로 저려오고 있다. 하지만 쉴 수도 없다. 조금이라도 손이 쉬면 순식간에 부하의 목숨이 달아난다.

백척간두에 선 기분으로 우드로우는 필사적으로 화살을 쏘고 또 쏘았다.

"타아아앗!"

그러던 중이었다.

이변이 일어났다. 갑자기 적색의 기사가 손에 쥔 검을 떨어뜨리고 양손으로 머리를 감싸 쥔 것이다.

"크윽!"

움직임을 딱 멈추더니 기이한 신음을 흘린다.

"으으, 으으으!"

노골적으로 전신에 허점이 드러났다. 하지만 비렛타나 다른 창천기사단은 그 틈을 노리지 않았다. 초인급 소드하이어는 방바닥을 뒹굴다가도 그 자세로 주변 십 수 명쯤은 참살할 수 있는 괴물이다. 오히려 경계하며 더더욱 거리를 벌렸다.

그 틈에 우드로우가 화살을 발사했다. 원거리에서 위력적인 공격이 가능한 그는 저 허점을 노리더라도 별다른 리스크가 없으니까.

상대의 투구를 목표로 투기를 가득 머금은 화살이 섬전처럼 쏘아졌다.

"진천기, 관천(貫穿)!"

화살을 쏘면서도 우드로우는 별 효과가 있을 거라곤 기대하지 않았다.

아무리 그의 화살이 빨라도 초인급의 반응 속도라면 얼마든지 피할 수 있었다.

아무리 화살에 깃든 진천기가 강해도 초인급이라면 방호투기만으로 튕겨낼 수 있었다.

'하지만 이걸로 좀 더 시간을 끌 수는 있겠지!'

그때였다. 갑자기 우드로우의 눈동자가 방울처럼 커졌다.

"…어?"

비렛타와 창천기사단 역시 마찬가지였다.

"응?"

"어라?"

투기의 화살은 정확히 적색 기사의 투구를 명중시켰다. 그뿐 아니라, 일격에 머리통을 꿰뚫어 버렸다!

적색 기사의 뒤통수로 피 묻은 화살촉이 선명하게 모습을 드러낸다. 꽂힌 화살대가 파르르 떨린다.

"크르르……"

단말마의 신음을 흘리며 적색의 기사는 그대로 뒤로 넘어졌다.

즉사였다.

비렛타가 놀라 우드로우를 돌아보았다. 단 일격에 초인급 소드하이어를 즉사시키다니?

"맙소사! 어떻게 한 거예요?!"

물론 우드로우가 뭘 한 건 없다.

그저 상대가 아무 짓도 안 했을 뿐이지. 방어도, 회피도.

어안이 벙벙한 얼굴로 우드로우는 혼잣말을 내뱉었다.

"…뭐야, 이거?"

*　　　　*　　　　*

"타아앗!"

우렁찬 기합을 토하며 호트렌은 신성검을 내리쳤다. 은빛의 성광이 한 자루 칼날이 되어 적색 기사의 목을 노렸다.

선혈과 함께 붉은 투구가 허공으로 솟구쳤다.

눈을 깜빡이며 호트렌은 망연자실한 표정을 지었다.

'아니, 이건 도대체……'

그토록 광포하게 날뛰던 적색 기사가 돌변한 것이다.

검도 버리고 투기도 흩뜨리며 멍하니 제자리에 서 있었으니, 호트렌의 기량으로 그런 상대의 머리를 날리는 것은 전혀 어려운 일이 아니다.

'느닷없이 왜 모든 걸 놓아버렸단 말인가?'

＊　　　＊　　　＊

남은 한 놈의 심장에 창을 꽂았다 빼며 시한은 어리둥절해했다. 너무 간단히 상대를 죽일 수 있었다.

'무슨 일이지? 이놈, 갑자기 팍 약해졌는데?'

보아하니 다른 쪽도 비슷한 상황이었다. 우드로우와 호트렌도 릴스타인의 적색 기사들을 처리한 후였다. 이긴 쪽이 어리둥절해하는 것 역시 동일하다.

제논과 알리타 쪽은 아직 전투가 끝나지 않았지만, 결과는 마찬가지일 듯했다.

그들이 상대하던 적색 기사 역시 반응이 똑같았으니까.

"크르르……."

검을 내던지고 머리를 부여잡는다. 극도로 혼란에 빠진 듯한 모습이다.

그런 적색의 기사를 향해 제논이 눈을 빛냈다. 상대의 허점을 노리며 투 핸디드 소드를 교묘하게 찔러간다.

'기회다!'

그대로 적색 기사의 심장을 후벼 파려는 순간.

"크아아!"

적색 기사가 포효를 터뜨렸다. 흔들리던 투기가 무시무시한 기세로 타오르며 어깨 위로 폭발했다.

동시에 두 팔을 들어 격투기 특유의 가드 포지션을 취하더니 오른손으로 원을 그리며 제논의 공격을 걷어낸다. 절묘한 타이밍에 우아하기까지 한 동작, 도수공권(徒手空拳)의 교과서라 해도 부족하지 않을 훌륭한 움직임이었다.

찌르기가 빗나간 제논의 자세가 무너졌다.

'헉?!'

적색 기사가 한 걸음 내디뎠다. 신체의 중심을 이동시키며 몸을 회전, 웅장한 돌려차기를 날린다. 두꺼운 갑주 차림임에도 불구하고 예리하기 그지없는 움직임이었다.

힘이 실린 킥이 제논의 어깻죽지를 강타했다.

허겁지겁 팔을 들어 막은 제논이 비명을 터뜨렸다.

"크억!"

방어했음에도 불구하고 위력이 너무 강하다. 단숨에 갑옷 좌반신이 통째로 박살 나고 방어 투기가 소멸하며 극심한 충격이 전신으로 퍼진다.

피를 토하며 제논은 그대로 수 미터나 날아갔다. 함께 싸우던 창천기사단이 경악해 소리를 질렀다.

"앗!"

"제논 대장!"

상황을 살피던 성시한 역시 기겁했다.

"엥?"

저놈 하나만 상황이 달랐다.

'갑자기 팍 강해졌잖아?!'

*   *   *

쓰러진 제논을 가로막으며 창천기사 세 명이 교차로 투기창을 휘둘렀다. 물론 전술대로 언제든 몸을 뺄 수 있게, 가볍게 견제하는 식의 공격이었다.

그런데 상대의 반응이 여태까지와 달랐다.

사방의 공세에 일일이 반응하던 틀에 박힌 검술을 버리고, 먹이를 사냥하는 맹수처럼 야성적이면서도 유연한 움직임으로 전환한다.

좌측과 등 쪽의 공격을 무시한 채 적색 기사가 앞으로 나섰다.

다른 공격은 방어 투기로 대충 때우며 낮은 자세로 파고들더니 창천기사가 탄 말의 옆구리에 스트레이트 펀치를 날린다.

히이잉!

단 일격에 말이 피를 토하며 쓰러졌다. 창천기사가 재빨리 말을 버리고 피하려 했지만 쉽지 않았다.

말을 쓰러뜨리면서도 적색 기사는 멈추지 않고 계속 달려 갔다.

순식간에 뒤로 빠진 상대의 코앞까지 접근한다. 그리고 앞 차기 한 방!

콰앙!

갑옷이 산산이 박살 나며 창천기사가 땅에 처박혔다. 쓰러 진 동료를 구하기 위해 다른 창천기사들이 허겁지겁 몰려들었 다.

"페르트!"

"이런, 젠장!"

그들 역시 결과는 다르지 않았다.

적색 기사는 사방에서 찔러오는 투기창을 머리와 어깨의 움직임만으로 모조리 피해냈다. 그러면서 빠른 스텝을 밟아 창천기사들을 하나하나 처리하기 시작했다.

가벼운 잽으로 상대를 견제한 뒤 육중한 정권으로 마무리, 뒤이어 후퇴하는 이를 쫓아 호쾌한 훅을 먹인다.

몸을 날리는 점핑 니 킥으로 말과 기사를 연달아 강타한 뒤 허공에서 자세를 제어해 내려찍기와 좌우 옆차기, 수면차 기를 이어 펼치며 사방의 창천기사들을 후려갈긴다.

그 모든 공격에 초인급의 가공할 투기가 깃들어 있었다.

투기와 투기가 충돌해 굉음을 일궜다.

콰콰콰콰쾅!

마치 폭발이라도 일어난 것처럼 적색 기사를 중심으로 창천 기사들이 사방으로 날아갔다. 추풍낙엽처럼 쓸려가는 이들을 보며 알리타는 암담해했다.

'이럴 수가……'

칼 들고 있을 때는 별거 없던 작자가, 맨주먹이 되자 움직임이 장난이 아니다.

방어도 회피도 정밀하기 그지없다. 상대의 움직임에 맞춰 적절히 반응하며 칼같이 빈틈을 파악해 빠르고 위력적인 공격을 연달아 펼쳐낸다.

여기저기서 신음과 비명이 들려왔다.

"으으으……"

"크어억!"

"비, 빌어먹을!"

다행히 날아간 창천기사들 중 죽은 이는 아무도 없었다. 상대의 공격이 좀 이상한 탓이었다.

분명히 빈틈을 정확히 노렸고 타이밍도 적절했으며 충분히 위력을 실어 펀치와 킥을 휘둘렀다. 그런데 그토록 정밀한 공격에도 불구하고 정작 급소를 노리지는 않았다.

일격에 죽이기보다는, 타격을 줘 쓰러뜨리는 걸 목표로 한 수법이었던 것이다.

알리타는 의아해했다.

'어째서? 일부러 살인을 피한 건가?'

그건 아닌 것 같다. 지금도 저 적색 기사의 전신에선 맹수 같은 살기가 풀풀 흘러나오고 있다.

말하자면, 맞아도 안 죽을 만한 곳을 죽도록 때렸다는 느낌?

"크르르르……."

덕분에 다들 죽지만 않았을 뿐이지 죽음의 문턱까진 간 상태였다.

"이이익!"

이를 악물며 알리타는 잠형기를 펼쳐 그림자와 그림자 사이를 넘나들었다. 은신한 채 상대에게 접근해 일격을 날릴 셈이었다.

적색 기사는 더 이상 속지 않았다.

그림자 사이로 이동하는 그녀의 실체를 파악하더니 이동 경로까지 예측해 따라잡는다. 순식간에 알리타의 등 뒤로 돌아가며 날카로운 일권을 내뻗는다.

"……!"

반사적으로 알리타가 몸을 틀었다. 섬광 같은 펀치가 옆구리를 스치고 지나갔다.

그녀가 피를 토했다.

"쿠, 쿨럭!"

강타당한 것도, 제대로 적중당한 것도 아니었다. 그저 새끼손가락만큼 스쳤다.

그것만으로 배틀 해머에 맞은 것처럼 충격이 밀려오며 시야가 캄캄해진다.

"아으윽……."

갑주 일부가 찢겨나가며 알리타는 팽이처럼 허공을 돌아 추락했다. 신음하는 그녀의 은회색 눈동자에 돌진하는 적색 기사가 비쳤다.

"……!"

경악한 알리타가 눈을 크게 뜰 때였다.

"알리타!"

어느새 달려온 성시한이 푸른 투기강을 길게 내뻗었다. 가공할 기세를 느낀 적색 기사가 미련 없이 알리타를 포기하고 뒤로 뛰었다.

단숨에 적색 기사의 앞을 가로막으며 시한이 식은땀을 흘렸다.

"진짜 아슬아슬했군."

*　　　　*　　　　*

제논 일행이 위기에 처하자마자 시한은 바로 움직였다. 말을 버린 채 전력으로 투기를 폭발시키며 몸을 날렸다. 소중한 사람들의 목숨이 걸렸는데 정체를 들키니 마니 걱정할 여유 따윈 없었다.

덕분에 시간을 맞출 수 있었다.

적색 기사를 노려보며 성시한은 쥐고 있던 장창 디재스터를 바닥에 꽂았다. 그리고 허리춤에 찬 예비용 장검을 꺼내 들었다.

보는 눈이 없다면 그냥 디재스터를 장검 형태로 변화시켰겠지만 여긴 수많은 이가 모인 전장이다. 정체를 들킬 위험성을 굳이 늘릴 이유는 없다.

'사실 이럴 바엔 그냥 창 들고 싸워도 되긴 한다만……'

비슷한 기량이라면 창 든 놈이 칼 든 놈보다 월등히 유리한 법이다. 하지만 시한은 검술에 비해 창술은 그리 능숙하지 않았다. 패왕기가 기법상 검에 더 어울린다는 이유도 있고.

눈앞의 이 적색 기사는 어째 만만치 않았다. 성시한이 아닌 '션 스테인'이 창을 들고 이길 수 있을지는 확신할 수 없었다.

시한이 투기강을 끌어냈다. 패왕기의 빛이 예비용 장검의 칼날을 타고 올랐다.

"뭐 하는 놈인지는 모르겠지만……"

푸른빛의 칼날이 상대에게 겨누어진다.

"…붙잡아 심문해 보면 알겠지!"

싸늘한 외침과 함께 시한이 움직였다.

앞으로 나서며 예리한 검세를 연달아 펼친다. 화려한 공격 하나하나에 패왕기의 투기가 깃들어 상대를 압박해 간다.

"패왕기, 현란(眩亂)!"

어지러운 검세에 맞서 적색 기사는 잠시 머뭇거렸다. 투구에 가려 잘 보이진 않았지만, 어째 당황하는 듯한 느낌이었다.

"크르!"

하지만 물러서지는 않았다.

가볍게 제자리에서 스텝을 밟아 통통 튀더니, 이내 몸을 숙이며 빗발 같은 검격 사이로 파고든다. 정교한 위빙과 더킹을 반복하며 공격을 피해 삽시간에 거리를 좁힌다.

'어?'

시한은 일순 당황했다. 기막힐 정도로 세련된 움직임이었다.

사정거리에 들어온 적색 기사가 연타를 날렸다. 예리한 잽과 스트레이트가 교차하며 날아들었다.

시한도 바로 맞섰다. 푸른 투기강, 붉은 투기가 깃든 건틀릿이 허공을 찢었다. 하지만 서로 충돌하진 않았다.

교묘하게 서로를 피해가며 서로의 급소를 노려간다.

파파파팡!

파공음이 연달아 울렸다. 정신없이 공방을 나누며 시한은 상대의 움직임에 의구심이 들었다.

'이놈, 전투 방식이 뭐 이렇지?'

분명히 세련된 공격에 대응력도 좋았다. 그런데 그와는 별개로 묘하게 허우적대는 느낌도 있었다.

정교하게 치고 들어오다가, 시한이 휘두른 검에 기이할 정도로 허둥대며 간신히 피해낸다. 그런데 또 간신히 피해낸 것치곤 능숙하게 자세를 바로잡으며 후속타를 날린다.

노련함과 미숙함이 공존하는 어색한 모습이다.

방금 전까지 적색 기사의 검술이 골방에서 혼자 수련한 것 같았다면……

'칼 든 상대랑은 한 번도 안 싸워보고 맨주먹인 상대만 죽어라 상대한 것 같잖아?'

어쨌거나 워낙 반응이 빠르고 기본기가 튼튼해 상대하기 까다롭다는 점은 틀림없었다.

정신을 집중하며 시한이 계속해서 공세를 펼치던 와중이었다.

갑자기 적색 기사가 성시한의 우측으로 파고들었다. 몸을 크게 돌리며 백스핀 너클, 뒤이어 로우킥과 돌려차기, 하이킥을 연타로 뻗어낸다.

공격을 피하며 시한도 반격해 검을 끊어 쳤다. 순간 적색 기사가 기합을 터뜨렸다.

짐승의 포효가 아닌, 무인의 기합을.

"타앗!"

날아든 검을 팔뚝으로 흘리며 기사의 혹이 시한의 관자놀이를 노렸다. 재빨리 머리를 젖혀 시한이 공격을 피했다.

그 틈에 잠시 상대의 모습이 성시한의 시야에서 사라졌다. 어느새 몸을 숙인 적색 기사가 탄력을 실어 펀치를 올려쳤다.

강렬한 어퍼컷이 시한의 복부를 강타했다.

"우욱!"

성시한은 신음하며 뒷걸음질을 쳤다. 그리고 인상을 썼다.

'젠장, 속이 울렁거려……'

제대로, 아주 정통으로 맞았다.

기가 막혀 그는 눈앞의 기사를 노려보았다.

방대한 투기량 덕분에 큰 타격은 없었지만, 반대로 말하면 그 방대한 투기량에도 불구하고 이 정도나 충격을 받았다는 소리다.

엄청난 고수였다. 적어도 맨손 체술에 한해서만큼은.

'테라노어에 카렌 말고도 이 정도 도수격투술의 고수가 있었다니……'

지구든 테라노어든 공통적으로 통용되는 진리가 있다.

비슷한 실력이라면 연장 든 놈이 맨손인 놈보다 무조건 유리하다.

그래서 대부분의 무술에서 도수격투술은 무기술의 보조 격이다. 무기가 없을 경우를 대비한 보험의 개념이랄까?

살인을 기피하는 상황이나 룰이 정해진 경기라면 모를까, 생사를 건 결투에서 상대가 무기를 휘두르는데 굳이 맨손으로 싸우는 경우는 어지간해선 없다.

카렌 이나시우스는 어디까지나 원래 프린으로서 맨손 격투술을 익히다가 프레이어의 힘을 개화하며 갈고닦은 경우다.

'그럼 이자도 혹시 프린 출신인가? 프레이어라면 검술이 저렇게 부실할 이유가 없을 테니……'

적색 기사가 다시 두 팔을 들어 올려 가드 포지션을 취했다. 두꺼운 갑옷을 입고 있어 어색해 보이지만 틀림없는 맨손 격투술의 자세였다.

상대의 출신을 알아보기 위해 성시한은 그 자세를 유심히 살폈다.

'리자테린은 아니고……'

카렌 이나시우스가 구사하는 달의 신전 특유의 맨손 체술 리자테린은 시한도 익힌 바가 있다.

'그렇다고 아란 식 체술이나 사피를도 아닌 것 같은데……'

저 적색 기사의 격투술은 태양의 교단에서 전수되는 아란 식 체술이나 별의 성지 프린들이 사용하는 격투술, 사피를과도 궤가 달랐다.

그럼에도 지나치게 익숙한 자세에, 익숙한 전투 방식이었다.

아니, 익숙하다기보다는 너무 흔해서 거꾸로 알아보기 힘들 달까?

격식이나 개성을 중시하기보단 오직 유용성만을 추구하는 실리적인 격투술.

'잠깐, 이건 테라노어의 격투술이라기보다는……'

문득 시한은 눈을 깜박거렸다.

'어쩐지 텔레비전에서 자주 본 것 같은 느낌인데?!'

적색 기사의 권격이 연타로 들어왔다. 성시한은 좌우로 날아드는 스트레이트 펀치를 피하며 투기를 끌어올렸다.

"패왕기, 유수!"

투기가 상대의 사지를 얽매며 도도히 흐른다. 그 흐름을 따라 시한의 칼날 역시 물 흐르듯 유려하게 파고든다.

하지만 적색 기사는 만만치 않았다.

어느새 흐름을 읽어내고 오히려 역이용해 공세를 피해낸다. 스텝을 밟아 신체를 이동하며 아슬아슬하게 칼날을 회피해 미들킥을 뻗는다.

타이밍이 엇갈린 탓에 피할 겨를이 없었다. 공격 도중이라 검을 틀어막는 것도 불가능했다.

그래서 시한은 방호 투기를 온몸에 둘렀다.

"흐읍!"

전신 갑주에 패왕기가 깃들어 미들킥을 튕겨냈다. 폭음이 울리며 적색 기사가 뒤로 물러났다. 그 와중에도 철저히 가드 자세는 풀지 않고 있었다.

그 모습을 보며 성시한은 자신의 추측에 확신을 더했다.

'역시……'

무기가 주가 되는 테라노어에서 저런 식의 전투법은 잘 사용되지 않는다. 테라노어의 전장보다는, 현대 지구의 링에서 더 쉽게 볼 수 있는 방식이다.

적색 기사가 시한의 주위를 돌며 잽을 날렸다.

가벼운 잽이지만 두꺼운 건틀릿에 초인급의 투기가 실려 있으니 위력마저 가볍진 않다. 일권을 내뻗을 때마다 공기가 갈라지며 소음을 일으켰다.

잽의 사정거리 밖에서 시한 역시 검을 찔러댔다. 청색 투기 강이 적색 기사의 급소를 계속해서 노렸다.

하지만 맞지 않았다. 적색 기사는 성시한의 예비 동작만으로 이어질 공격을 파악하고 바로 회피 자세로 들어가고 있었다.

치고 빠지기를 반복하는 와중에 시한의 하반신이 비었다. 적색 기사의 로우킥이 절묘하게 파고들어 시한의 허벅지를 강타했다.

퍽!

성시한은 인상을 썼다.

'쳇!'

두꺼운 강철 갑주에 방어 투기까지 둘렀으니 별 타격은 없었다. 하지만 충격이 방어를 뚫고 들어와 순간 움직임이 멈췄다.

그 틈에 적색 기사의 좌우 훅이 이어졌다. 시한은 곧바로 몸을 틀었다. 오른쪽은 용케 피했지만 왼쪽을 허용해 버렸다.

퍼억!

또 한 대 맞았다. 이번엔 방어 투기가 잠시 풀리던 때라 충격이 제대로 왔다.

'크윽!'

시한이 이를 악물며 투기를 끌어올렸다.

상대의 격투술이 너무 뛰어나 검술로는 압도하기가 힘들다. 그렇다면 스피드로 누를 수밖에 없다.

"타아앗!"

기합을 내지르며 연달아 참격을 뻗어낸다. 동시에 푸른 투기강이 심해의 빛으로 변한다.

순간적으로 무신급의 투기까지 쏟아낸 것이다. 그 가공할 스피드는 제아무리 초인급이라도 절대 보고 반응할 수 있는 수준이 아니었다.

그런데…….

"헙!"

적색 기사는 이것마저도 피해 버렸다!

알고 피했다기보다는 본능적으로 반응한 쪽에 가까웠지만, 중요한 건 피했다는 점이다. 여전히 시한의 검술에 허둥지둥 대처하는데도 워낙 전투 센스가 좋다 보니 그 와중에도 막을 건 다 막고 피할 건 다 피한다.

그 사실을 알아채고 시한은 기겁했다.

'맙소사, 대체 얼마나 감각이 뛰어나야 이런 짓이 가능한 거야?'

뱀처럼 흑청색 투기강 사이를 빠져나오며 적색 기사가 몸을 날렸다.

돌진하면서 정권 찌르기, 그걸 시한이 피하는 순간 몸을 회전시키며 엘보 블로와 하이킥을 연계해 뻗어낸다!

퍼퍽!

이번엔 두 대 맞았다.

휘청거리며 물러선 성시한의 인상이 팍 구겨졌다.

생각보다 더 충격이 컸다. 어쩐지 점점 더 상대의 공격이 강해지고 있는 기분이었다.

'이건 절대 초인급의 초입 수준이 보일 수 있는 위력이 아닌데?'

몇 번 더 공방을 섞어보고 이유를 깨달았다.

'그새 투기량이 더 높아졌잖아?'

＊　　　＊　　　＊

릴스타인 왕국이 내세운 5인의 정체불명 초인급 소드하이어.

그들은 분명 초인급 초입 수준의 투기량을 지니고 있었다. 조금 전 두 명과 상대하며 시한도 이미 확인한 사실이었다.

그런데 지금은 달랐다.

격돌 순간의 충격으로 가늠해 보건대, 지금 적색 기사가 보이는 투기량은 족히 초인급에 오른 지 한참 되어 보였다.

'숨기고 있다가 드러낸 건지, 아니면 다른 이유가 있는 것인지는 모르겠지만…….'

날아드는 투기강의 펀치를 검면으로 흘리며 시한은 미간을 찌푸렸다.

이 정도 투기량이라면 최소 투기진 정도는 구사해야 정상이었다. 실제로 지금 감지한 수준이라면 재회한 젝센가드보다도 투기량 자체는 오히려 더 높았다.

'아니, 이렇게 투기량이 높은데도 정작 수준은 떨어지는 바보 같은 초인급이 있나?'

생각해 보니 예전에도 그런 바보가 있긴 있었다.

"…나네?"

과거 성시한도 투기량에 비하면 투기술 수준이 많이 떨어졌다. 정확히 말하면 투기술 운용 자체는 뛰어난데 이해도가 떨어진달까?

깨달음과 투기량이 합일되며 벽을 넘어서야 하는데, 깨달음은 없고 투기량만 많았으니 모자라는 깨달음을 투기가 채울 때까지 계속 제자리에 머무를 수밖에.

'솔직히 지금도 상황이 크게 나아지진 않았지만……'

만약 테오란트가 무신급의 그 경지로 시한의 투기량마저 지니고 있었다면 진짜 어마어마한 괴물이 되었을 것이다. 고금제일이라 불려도 손색이 없었겠지.

이 적색 기사는 소드하이어의 경지에 비해 검술 수준이 너무 낮다. 그러나 투기술의 완성도는 높다. 그리고 높은 완성도에 비해 응용력은 또 확 떨어진다.

여러모로 과거의 성시한을 연상케 하는 특징이었다.

다른 점이 있다면, 그와는 전투 센스가 비교도 안 되게 뛰어나다!

'와, 감각만 따지면 레비나급일지도 모르겠다.'

내심 혀를 내두르는 시한을 향해 적색 기사가 연달아 펀치와 킥을 쏘아냈다.

"헛, 타앗! 헙!"

분명 움직임에 아직 어색함은 남아 있다. 장검이라는 무기가 주는 공방의 거리에 전혀 익숙하지 않은지 연신 헤매는 모습도 보인다.

그럼에도 그는 물러서지 않았다. 미친 듯이 높은 전투 센스와 격투술로 약점을 메우며 산전수전 다 겪은 성시한을 상대로 용케 전투를 이어가고 있었다.

'끄응, 이대론 안 되겠다.'

성시한은 투기를 좀 더 끌어올렸다. 슬슬 선 스테인이라기보단 이계구원자에 더 가까운 수준이 되었지만, 이 정도가 아니고서는 이자를 상대하기가 어려웠다.

그렇게 힘을 더 끌어냈는데도 시한은 승기를 잡지 못했다.

감각도 감각이지만, 이 적색 기사는 육체 능력 역시 무시무시할 정도로 높았던 것이다.

제논의 사례도 있듯이 육체 조건이 뛰어나면 투기의 차이도 메울 수 있는 법이다.

투기량 자체는 시한만 못하지만, 육체가 월등하고 그 육체를 다루는 기술 역시 놀랍도록 뛰어나다. 타격 순간 호흡과 타이밍이 완벽에 가까우니 같은 펀치에 같은 킥이라도 파워와 스피드가 차원이 다르다.

'격투술은 카렌 수준에, 전투 센스는 레비나와 맞먹고, 육체

능력은 제논과 필적한다고?'

시한은 고민했다.

'어, 이걸 어떻게 이기지?'

방법이 없진 않다.

아무리 적색 기사의 투기량이 높아도 성시한의 전력만은 못하다. 이계구원자 특유의 압도적인 투기를 몽땅 끌어내, 투기량 자체로 눌러 버리면 된다.

투기의 그물로 압박해 통째로 휘감아 버리면 제아무리 움직임이 좋아도 별수 없지.

하지만 그렇게 방대한 투기량을 드러내는 건 전장 전체에 이렇게 외치는 꼴이나 마찬가지다.

안녕하십니까, 여러분! 사실 저는 무신급 소드하이어였습니다! 흑발, 흑안에 이십 대 나이의 젊은 무신급 소드하이어! 십년 전엔 무려 십 대였단 소리죠! 왠지 누군가가 떠오르지 않습니까?

…절대 못 할 짓이다.

식은땀을 흘리며 성시한은 계속 장검을 휘둘렀다.

여전히 승패는 갈리지 않았다. 이래서야 생포해 정보를 캐내는 건 고사하고, 정체를 숨긴 채 이길 수 있을지도 의문이다.

'아으, 어쩌지?'

그렇게 시한이 난감해할 때였다.

적색 기사는 그의 집중이 흐트러진 틈을 놓치지 않았다.

순간적으로 파고들며 레프트 스트레이트를 날린다. 그리고 시한이 피하는 순간 라이트.

번개 같은 4연격이 이어진다.

접근을 막기 위해 시한이 기사의 복부를 찔러가는 순간이었다.

"헙!"

기합을 터뜨리며 적색 기사가 뒤돌려차기를 시도했다. 상체를 뒤로 젖혀 검격을 피하면서 꺾어차기, 상대의 킥이 성시한의 명치를 강타했다.

완벽한 카운터였다. 충격이 갑옷을 뚫고 육체를 강타했다.

시한이 피를 토했다.

"쿨럭!"

공격 도중이라 방어 쪽은 완전히 신경을 끈 시점이었다. 숨이 턱 막히며 고통이 뇌를 쥐어짰다. 눈앞이 일순 캄캄해졌다.

'으, 으아……!'

이럴 때가 아니다!

정체 숨기려다가 맞아 죽게 생겼다!

투기를 증폭시키며 시한은 잽싸게 자세를 바로잡았다. 간신히 정신이 돌아왔다. 하지만 이미 적색 기사는 후속타를 이어 가고 있었다.

돌려차기를 한 기세를 살려 백 스핀 너클이 바람을 갈랐다. 고개를 젖혀 가까스로 피한 시한의 뇌리에 뭔가가 스쳐 지나 갔다.

'앗!?'

왠지 다음 공격이 뭔지 알 것 같았다. 생각보다도 몸이 먼 저 움직였다.

'패왕기, 관천!'

시한이 일검을 내찔렀다. 동시에 적색 기사가 점핑 니킥을 날렸다. 두 동작이 동시에 일어나, 기사도 미처 시한의 반격을 읽지 못했다.

푸른 섬광이 번뜩였다.

"크어억……."

투기강의 칼날이 정확히 적색 기사의 심장을 관통했다.

* * *

초인급 소드하이어 5인이 모조리 죽었다.

총지휘관인 하이어 로렌스도 부상을 입고 쓰러졌다.

믿었던 최강의 전력을 잃고 지휘 체계마저 흔들리니, 릴스타인 왕국군은 노도와 같은 연합군의 기세를 당하지 못했다.

수하의 말로 옮겨 탄 프레이어 호트렌이 선두에 서서 고함을 질렀다.

"유린하라! 달의 여신께 피의 영광을!"

호트렌은 노련한 지휘로 릴스타인 왕국군을 몰아붙였다. 사기충천한 연합군에 비해 릴스타인 왕국군은 이미 전투 의지가 꺾인 채였다.

결국 릴스타인 왕국군은 절반 이상의 전력을 잃고 물러났다.

물론 후퇴하는 것도 쉬운 일은 아니었다. 연합군이 얌전히 물러나게 놓아주지 않은 것이다.

"더러운 릴스타인 왕국 놈들!"

"모조리 죽여!"

"죽은 이들의 복수를 해주마!"

전장의 살의에 휩싸이고, 죽은 전우의 복수를 외치며 연합군은 후퇴하는 릴스타인 왕국군의 뒤를 집요하게 쫓았다. 수많은 시체에서 흘러나온 피로 대지가 시뻘겋게 물들었다.

살아남은 홍룡기사단이 패잔병들을 추슬러 힘겨운 후퇴를 행했다. 저들이 동 빌라엔 강까지 후퇴하고 나서야 호트렌은 진군을 멈췄다.

"더 이상 쫓는 건 위험하다, 전군 정지!"

이나시우스─라텐베르크 연합군은 고작해야 20% 정도의 병력 손실만이 있었을 뿐이다. 반면, 릴스타인 연합군은 병력의 90% 이상을 잃고 비참하게 패주했다.

통쾌한 승리였다.

"후우, 이겼군."

호트렌은 안도의 한숨을 쉬며 창천기사단을 돌아보았다.

'저들이 없었다면 이런 전과도 불가능했겠지?'

창천기사단은 기대 이상의 결과를 내주었다. 그저 발목만 잡아도 족했는데 무려 초인급 소드하이어 4인을 모조리 참살해 버렸다.

그들의 실력으로 초인급을 죄다 죽인 것 역시 딱히 이상하게 볼 일은 아니었다.

'내가 상대했던 놈도 뭔가 이상했으니까.'

하지만 마음에 걸리는 일도 있긴 했다.

"기분 탓인가……?"

어쩐지 전투 중에 저쪽에서 묘하게 강렬한 투기가 언뜻언뜻 느껴지는 느낌이 들었다. 최소 무신급 소드하이어는 되어야 보일 법한, 말도 안 되는 강력한 투기가.

'워낙 혼잡한 전투 중이었으니 착각했다고 해도 이상할 것은 없지만……'

호트렌은 이내 상념을 지웠다. 있을 수 없는 일이었다.

'내 착각이겠지.'

호트렌이 검을 높게 들었다. 신성검의 찬란한 빛이 전장을 밝혔다.

"우리가 승리했도다! 크론 리자테께 영광 있으라!"

우렁찬 승리의 함성이 이어졌다.

"이나시우스 교국 만세!"

"창천기사단 만세!"

*　　　*　　　*

창천기사단은 한숨 돌리며 서로를 바라보았다.

"후우, 이겼네."

"이기긴 이겼지만……."

다들 그다지 승리자의 표정이 아니었다. 애초에 실력으로 저 초인급 소드하이어들을 이긴 게 아닌 것이다. 그야말로 거 저먹은 승리다.

뭐, 거저먹기라고 하기엔 목숨을 좀 많이 걸긴 했다만.

우드로우와 비렛타가 고개를 절레절레 저었다.

"도대체 왜 갑자기 전투를 포기한 거지, 이들은?"

"글쎄요……."

성시한은 쓰러진 제논을 살피고 있었다.

"괜찮아, 제논?"

"예, 이 정도쯤이야……. 크윽!"

몸을 일으키려던 제논이 휘청거리며 신음을 흘렸다. 시한이 혀를 찼다.

"아니, 그냥 누워 있는 게 낫겠다."

보아하니 당분간 제대로 거동하기는 글렀다. 그 정도로 심각한 부상이었다.

창천기사단원을 불러 제논을 부축시키는 한편, 시한은 다른 부하를 시켜 적색 기사들의 시체를 수습하게 했다. 특히 마지막에 상대한, 다른 적색 기사와는 전혀 다른 반응을 보인 그 괴물 같은 작자에게 신경을 썼다.

명령을 받은 창천기사 한 명이 주먹질하던 적색 기사의 시체로 다가갔다.

지켜보던 시한이 착잡한 표정으로 말했다.

"투구를 벗겨 봐."

짧은 갈색머리에 구릿빛 피부, 테라노어 서부 슬로커스 인종의 특징이 보이는 삼십 대 남자가 얼굴을 드러냈다. 절명한 지금도 강인한 인상이 여실히 느껴지는 사내였다.

그리고 성시한이 잘 아는 얼굴이기도 했다.

"역시……."

어째서 마지막 순간 상대의 움직임을 예측할 수 있었는지 알았다. 몇 번이나 그 장면을 '돌려' 봤기 때문이다.

'워낙 호쾌한 승리였으니까.'

창천기사가 고개를 갸웃거렸다.

"누굴까요, 대체 이 작자는?"

"목덜미에 문신이 있지?"

시한의 질문에 창천기사가 놀란 표정을 지었다. 정말로 죽은 적색 기사의 목 뒤쪽에 복잡한 무늬의 문신이 있었다.

"어떻게 아셨습니까?"

그것도 뭔가의 문구로 보이는 문신이었다. 비록 읽을 수는 없었지만.

"난생처음 보는 문자인데요?"

성시한의 표정이 더더욱 구겨졌다. 이젠 숫제, 소태라도 씹은 듯한 얼굴이 되었다.

"…그렇겠지."

창천기사 입장에선 당연히 처음 볼 것이다. 저 문자는 테라노어에 존재하지 않으니까.

'그거, 독일어거든.'

시한이 독일어를 읽을 수 있다는 건 아니다. 하지만 저 문구에 대해선 알고 있다.

적색 기사의 목덜미에 이렇게 쓰여 있었다.

「나는 팬다, 고로 나는 존재한다!」

데카르트의 '나는 생각한다, 고로 나는 존재한다'를 패러디한 문신이다.

"대장이 아는 사람입니까?"

성시한은 아무 대답도 하지 않았다.

아는 사람이냐고?

그래, 알긴 안다. 저쪽은 시한을 알 리가 없지만.

지구에서 수행하며 이런저런 현대 무술도 많이 익혔던 성시한이었다.

무술 도장도 여기저기 다니고, 또 돈을 써 달인을 직접 초빙해 가르침을 받기도 했다. 투기의 힘을 쓰면 그 어떤 달인이라도 시한의 상대가 될 리 없겠지만 순수한 기술 면에서는 배울 것이 많았다.

그만큼 돈도 많이 썼지만……. 뭐, 돈이야 마음만 먹으면 얼마든지 벌 수 있었으니까.

이런저런 격투기 대회도 즐겨 관람했다. 유명한 격투기 선수가 한국에서 시합을 잡았을 땐 일부러 티켓을 끊어가며 경기 보러 간 적도 많았다. 이쯤 했으니 테오란트를 상대로도 기술에서 밀리지 않을 수 있었던 것이다.

그런 시한에게 이 시체의 얼굴은 너무나도 익숙했다.

심지어 이름조차도 알고 있었다.

"빈센트 프란츠 헬펜슈타인……."

성시한은 우울한 목소리로 죽은 남자의 이름을 읊조렸다.

미국의 MMA 대회에서 11차 방어전까지 치른, 전설적인 미들급 세계 챔피언의 이름이었다.

『이계진입 리로디드』 8권에 계속…